U0065013

神給我的翅膀很小，飛不起來但很合身。

monoprint
我嘗試了很多細鎖的廢物
單　刷　版　畫

我的孩子，你好好玩耍。不必負責任。
當然會下雨，腳會溼。
當然會有一點疲倦。一點悲哀。

我的孩子，把耳朵臉頰貼到貓的身體上，
用鼻子吸她的毛。
做一個沒有用的人。

我不是生來當母親的

我找到你。
我在你實實在在的肉體上感覺到生命。
找到世界的群島。神的寬慰。
找到死寂之中令人振奮的氣息。

我找到的這個世界是我一個人的。
非常的自私的世界。
這裡要承受一個人的失落。
一個人深切的悲傷。
雖然這裡的愉悅無比的巨大。

我越陷越深。
深到一個神都看不到的世界。
深到沒有人可以靠近我。
深到我鄙視性愛與男人。
深到覺得自己一敗塗地。
但還是精神奕奕。

有時我對自己說，要接受這雜渣的宿命，這窄
迫的家庭。

我知道這長長的毀壞之後，我必定變成另一個人。
這每天的空白使我變老。這以後，我會緩緩地
舒展開來，我一定會開出一朵奇麗之花，它的
模樣將令你感到不安。

我寫了一張，再一張。一張一張劇烈的空白。
我找到自己的腔調了。花了很長的時間。

母親們都經歷這樣的漂白。這個空洞。每天都
被孩子挖出去的空洞。他黏貼在我身上緊緊的
空洞。用文字很慢一點一點地掃掉。很慢。我
已經寫了很多次這種空白。我的生活沒有了縫
隙，全都是一整片被他壓平的白。每天我都奮
力地從這片白的大海裡冒出來吸一口氣。

一年了，我帶著你一年了。你黏在我身邊一年了。這一年很長，比小時候家鄉的月亮還老。你成了一個紮紮實實的孩子，我摸得到硬硬的頭顱，柔柔軟刺刺的頭髮，溫熱的臉頰，粗壯的腿，凸出的生殖器。你有時會自己玩了，自己翻書，自己拿起杯子模仿我喝水，亂敲亂打發出各種噪音。會笑得樂不可支。

孩子，我看著那隻貓的時候一定是容光煥發。若沒有她壓進我的皮肉，我一定常常哭。這層毛很適合我。被人兇了，去找她，不用說話。在她身上浪費時間。滾掉時間。我好像是聞這種味道長大的。貓體味。我要在這毛裡居住、散開、鬆掉、打滾、彈跳。這層毛把所有的雜事都吸進去了。我聽見她身體裡的聲音。我喜歡那個縮在裡面別人聽不見的聲音。泡在裡面非常的舒服。她壓平我腦中疲倦的皺褶。壓平肌肉的緊繃。我每天都要聞她睡在那個箱子裡的氣味。拿起她的小手聞她的口水味。這個人類進不去的柔軟世界。我每天都靠掛在這個世界的外面。

孩子你會不會很孤單。我看著你，試著不要去想。我在陽台種更多的樹，澆水，聽鄰居罵孫子，聽水從我的花盆穿過答答地落到樓下的屋頂，聽樓下鄰居罵我把水滴到她的屋頂，孩子在門邊看我。這很多的葉子會撫慰我。有時候會載我一程。我把自己關在房間裡看陽台的葉子。一片一片，張開，再張開。

我的孩子，貓味會讓你的頭腦強壯。這貓是所有人都可以躲藏的地方。是上帝遺留在人間的體味。神留下來的酥軟。你要學她鎮定地看這個慌亂的世界。銀亮亮的安靜。銀亮亮的溫暖。這褐色的孩子，已經長成母親。母親們孩子們都來找她。

我的手變粗。要洗菜洗米切菜。水槽裡的水，穢臭，阻塞，流速極慢。一堆的果皮菜碎。一堆排好洗淨的碗。你要有耐性每天洗碗。那些家事像根棍子打我。沒有整理床上的被單及皺皺的床。我碰不到外面的世界誰也不能碰觸我。地板、衣櫃、桌子。枝幹低懸變成一張牆。寫滿的筆記本。洗襪子的水。洗內褲的水。喝完一碗湯。不夠力氣的生活。

你會站起來迎上我。我要替你擦拭溜溜的口水。你的水果要削皮切片打碎，要一口一口餵。那滿是口水的小手，還要把所有玩具丟滿地。要穿掉很多的衣服，玩掉很多的玩具。濃濃的朝氣，肌膚的味道，緊緊摟著你就可以聞到。這個靈魂，用力滑出這個世界，要用更多倍的力氣去適應這個世界。

我厭倦這種和家庭緊繫的生活。每天這棕橘色的溫柔。神的光，從我指尖流抵心臟，大腦。流抵我的陰影，到那被孩子用穿的乳尖。

人一定是需要這種沒有聲音的陪伴。我要很多很多這種跟貓在一起的空白。荒廢生命的空白。沒有作為的空白。

我的孩子，人到後來都會變得很孤單。

我
不
是
生
來
當
母
親
的

我在學漂浮。在窄小的房子裡漂浮。

在孩子的身體裡漂浮。在床墊裡漂浮。

我也在學碎紙。在打結的頭髮裡碎紙。

在眼球的淚腺裡碎紙。在孩子的浴盆裡碎紙。

我也在學跑。在咳嗽的時候跑。

在硬硬的樹皮上跑。在長長的疤上面跑。

我在學整理。整理惡臭。整理沒有說出來的事。

整理壞的生活。好的不需要整理。

我没有學煮飯。我没有學煮好吃的東西。
我没有學做好吃的麵包。我没有學做好吃的餅乾。
我没有學跟人打招呼。没有跟人笑。
我没有學穿得很好看。没有學穿得很性感。
我没有剪好看的頭髮。我没有梳頭。

我没有哭。没有大聲講話。我没有罵人。没有兇人。
我在學漂浮。在陳腔濫調的幸福裡漂浮。
在陳腔濫調的不幸裡漂浮。

我的孩子。殘渣滋養一切。

我的孩子，我結婚這件事，是擦不乾淨的。
這婚姻是一條一條很慢的刮痕，擦不掉的。
孩子這世界有很多的離棄，很多的菜渣，所有
一乾二淨的環境都是一種假象。
外面的世界雖然是明亮的，但不多久黑暗便降
落，周而復始，一如人生。

在這裡的沸沸揚揚，我是支吾的。
我躺在有怪味的浴缸，修剪我的頭髮。
我不知道這是不是陳腔濫調。總之孩子你要原
諒我，我沒有辦法在帶著你的時候變得快樂洋
溢。我沒有說故事給你聽，沒有歌唱。我聲音
很粗，哼不出來，唸不出來。我不知道如何去

滋養你，去堆疊濃密的愛。我喜歡泥炭土。喜歡咖啡。喜歡貓毛。

這個時候，你已經紮紮實實地撲到我體內，不管我問題重重。

我無法拔足奔跑，無法逃離這岔出去的路。我已跳入這個被綁緊的世界，這個被冠以母愛的場所，被視為理所當然的一切。要去做一個新的人。要習慣這個世界的煩惱。要給你好的氣息好的營養。要收納所有的不良習慣。要摒除一切負面的情緒。

我討厭這種小心翼翼的生活。一種被視為母愛的生活。

這肉身已被你撞上，結實地臌起，你撥動我的體液。我在這裡不斷地沉下，萎縮。腫脹，又浮上來。你蹲在子宮裡浮著，搖搖晃晃地要吞沒我，要我一身狼狽。抓劃著我，勾勒著我的乳房。凌駕一切，攪動我。我的肉體慢慢地被你敞開，穿過去。微弱又有力。擠壓著胃、腸子、膀胱，細軟地變形。你就這樣緊緊地揪著我，一天比一天更強一點。騷動著我，撑著我，揉出臌臌的焦慮。

這羊水撫育出肉的粗壯，還有熱，因為你擠進了我的熱。日正當午的熱焊接在皮上。稀爛的汗珠粘滿頭，若團糾纏的棉線。人被泡得軟軟的，彷彿體內塌了一座水池，精神也長出了更多的毛球，老是失了神。

母親的角色是被冠以燦爛的。我卻覺得自己殘缺不全。孩子正在成形，不能弄壞。他動不動就揮動起來，一開始就尖尖地擠著我。我看見殘餘的自己被抖出來，這陌生的孩子，爬進我的身體裡。身體是緩慢腫脹的顏色，不俐落又多疑又煩躁的柔弱。我攪拌著日夜，胡思亂想黏上我。膚上漸浮出來的黑痣，得一再換洗的內褲。這一切挾帶著朦朧的關於改變的預感，說不上來好壞，像是一樁可有可無，無所期待的喜事。

過了很久。彷彿你在我身上住了很久。那種恍惚的重。我已經過人生半部分可恥的變化。我是壞姿勢的母親。我不敢說愛你，不敢喚你寶貝，我沒有辦法像其他母親一樣；但我也沒有

辦法去嫌棄你的一切，沒有辦法置你不理。這
隱隱的不安。要斷掉的不安。

那個時候，肌膚下的你一波一波地進到我肉身
裡。我找不到你的樣子。我病態地和貓鬼混，
用力地摸貓，擠滿了罪惡感。這些年來，我敬重
的人群是一群貓。其他人像馬路一樣又黑又粗又
硬。所有的事物像去掉了氣味的影像，扁平的，
卻遠遠地磨擦著我。孩子你得經過最窄的通道來
到這裡，去脫離你的母體，去和所有人一樣攀爬
在這裡。你會怪我和其他母親不一樣。

我作了生產的惡夢。我看見胎盤脫落。透明胎
盤內的嬰兒對我微笑。拖著臍帶。我驚慌地大
叫。姐姐替我把胎盤塞回陰道。惡夢又來了。

胎盘又出現在我胯下，陪著傾瀉的羊水，那透明的胎盘令人心驚，我拖著它，放在塑膠袋裡，拎著在胯下，坐進車子到醫院。車子剛開動，帶著下腹的異樣與驚恐醒來，滿頭的汗，腹部繃得緊緊的。

還有一次，我夢見自己生了一個醜怪的女兒，慌亂地沒敢和她相認。還有一次，在夢裡醒來，家裡一整片的泥濘，獨留下一臺冰箱，裡頭的食物不見了，都是泥濘。家裡所有的傢俱也都不見了。泥漿覆蓋了所有的地板。我站著看，雙腳泡在泥裡，空氣中的陽光有霉斑。

書寫沒有減輕任何的病態。這段時間，我還作了很多關於故鄉的夢，中學的老師、同學……

一醒來就在記憶模糊的邊緣，彷彿你也在攪動我這個無人知曉的過去，拖長過去的痕跡。我討厭那些舊同學。我討厭那些人的衣著光鮮。我暈頭轉向，穿梭在過去與未來的喋喋不休裡。在故鄉的皺褶裡找到一份還可以辨識的母愛，輕輕刮一刮，有一點渣。我們好似在重覆我和母親的戲分，因此這段回憶才會一再地開始，有時從我母親睡在地板上開始，有時從她騎腳踏車載我開始，載我滑下那長長的斜坡。這樣的夢，以及另外一些不會在你命裡有戲分的人，隱隱約約地滲透在你的體內。

我撫育出一堆舊衣服，一堆一堆的舊衣服。在狗吠不止的夜，生硬地撫摸皮下的你，慢慢搓洗出一片片悲傷的碎屑。我抓住了一些舊的東西。我聞見你嶄新的氣味，你一點一點脫離我的氣味。我們得馬上起程，我甚至還沒從生產的斷層中爬起來。我抱著你，一枚又青又硬的花瓣。我倉皇地站在你的哭聲裡。你的哭聲使勁地敲打我，嘩嘩地洗去我這個踉蹌旅人身上的灰燼，崩裂成群結隊的關於你父親的野蠻記憶。

你來了。我很久沒聽見廚房炒菜煎魚的聲音了。每個人向我恭賀，扭捏作態。眼角夾著憐憫或怪異的眼光，我知道他們眼中閃過你父親的背影，彷彿我是被遺棄的顏色，沒有人想用的顏色。當然，每個人讚美你的皎潔，你的茁壯。我知道這只是一項社交禮儀，不要太陶醉其中。

母親們，我是世界的新手，虛弱地蓄勢待發。我將你帶來了。這深海的滑行，這炯亮，這挺拔。你緊緊地貼著我。緊緊貼在我身上的尿騷，奶臭。你哭。我知道你用哭把我耙出一個洞。我知道。

我不是生來當母親的

我已經跟所有的甜蜜告別了
已經跟所有的甜蜜哀悼了

我已經準備好帶你一起走了
神對我說了安慰的話
在床上在產房裡在消毒水的氣味裡

所有的甜蜜都在乳汁裡了
你自己用力去吸　一直吸
直到你看見天上獵戶座繫著三顆星的腰帶

這頁紙，記滿夢中瑣事。一氣呵成，被你的哭聲中斷百次。寫了百次的接力。

在哺乳時想著句子。它們一個一個蹦出來。在如廁時，在壓按沖水的兩秒鐘。

這個親密的灰，無底的深藍。
我夢見自己成為一位母親，孩子的心臟在砰砰作響。

這生產若滾燙的鋒刃卡在肉裡，那刺耳的倦怠已經迅速填進我那空掉的子宮，比那孩子還重。
我不願成為一位母親，這世界是一個夢境，在夢裡可以苟活，可以撥開。

所有的掙扎潰敗終將沒事，會醒來，會精神抖擻。

我的時間，被他揉成一團，揉成皺皺的一團，
快要裂掉的樣子。
我的時間，像洗菜水那樣潑出去不復回的。我
無法習慣客套話，不要問候我。
我的人生再也不要聽到嬰兒的聲音。
我的兒子，我想要把他推開。想要用力地推開
他。想要讓他一直哭一直哭。

他一再地掠走我的時間，刨挖我的時間，不停
地挖，挖出一口井，湧出汙臭的水。我癱在那
裡洗澡。
他逼我睡醒、抱他、哄他、吸我的乳。我的乳
四個小時尖硬，然後被他吸空，然後又尖硬。

我的時間是陡峭的，在他啞啞啞的哭聲中滑下去。他要將我擊潰，用重複的巨浪，一種不疾不徐的照護工作。我越來越的稀疏。

一層白。我的人生被敷上一層白。
我不知道這淹上來的白還要撐多久。我想停下來。我不想再洗衣，晾衣。這一層白已經蓋過我了。還有第二層白。第三層白。
神給我一個孩子。也給了我白。茂密的白。盎然的白。塗遍整座房子的白。所有積壓的倦怠傾巢而出的時候，可以成為一座醫院。
我來弄一些文字吧。這樣會讓我好過一點。這孩子，還要在我這裡駐紮很久。

髒桌子。髒抹布。髒地板。你來幫我擦吧。這就是我白的生活。

這成捆的白注入我的命。他給我一點點的時間，我小心翼翼地使用。捨不得睡，捨不得發呆。我想慢慢地喝一杯冰咖啡，慢慢地吃一些有溫度的食物；可卻喝水大口地流到衣服上，狼吞到像一個粗人。

我想安穩地睡著，不要被他的哭聲驚醒；卻一直粗粗劣劣地無法入睡。

我白了。白到說話結巴。

我朗讀給他聽。我看著外面的大片葉子。我想成為一張大葉子。在外面吹風。

我只聽鋼琴獨奏。連唱片都懶得換。我的性欲被結紮。完全地結紮。

這消耗我的房間。消耗我的孩子。一切都在消耗我。他的衣服。他走過的地。他哭過的房間，他使用過的一切。

我媽媽不理我了。在我成為母親之後。她知道我成為母親了。知道我已經長大。

我看著他吸乳，上千口。我卡在這個房間裡，很久了。一身全是空洞的咬痕。一事無成的咬痕。抽抽噎噎的悶濁。

我周遭的人事物直直地行進，唯獨我被關在房間裡，住在一個鼻孔裡。穿著鬆垮，渾身汗，奶味，他的尿，屎。我病懨懨變成一個泛黃斑的母親。

我用了很多很多的空白，一張一張像他的尿片一樣。一大包一大包地用，丟在垃圾桶裡。我的時間，先是乾的，然後被他弄溼，弄臭，然後丟掉。

我原來濃密的語言，衣裳，慢慢變禿。大家看

到我的時候別過頭去，我成了一位母親，一位
把自己捲成奇怪形狀的母親。

我處在一種無日夜的粗陋裡，外面是烈陽或雨淋
都和我無關。我的夢想被打翻，被漠視。我的書
本、我的音樂、我的食物都成了流質的。一下子
就流掉了，蒸發了，變成雨水又淋下來。
我眼巴巴地看著。沒力氣說話、罵人。

他重複地醒來，若初生樣，睜開眼，哭著，一張
樸實的白。
他猴急地含著我的乳頭，用力地吸吮。他一次一
次重複地啼哭，我一再一再安撫他。我重複重複
溫柔地替他換尿布，一次又一次細心地擦拭。一
次又一次的清掃房間、換洗衣物、床單、被單、
浴巾，一次又一次地吸塵、拖地、撢灰塵。

夢的開始，我的肚子隆起。寬得放的下一個嬰兒。

我早就夢見他。我知道他是男身，我夢見他，濃眉大眼，卻是面目猙獰，迎面衝向我，我嚇醒。那個時候，我不知道這就是他，一直到他出生後我一再地端視他，一再地想起這個夢，這兩張臉孔慢慢地黏在一起，我心裡變得結巴，我巴想忘掉那張惡狠的臉。那個夢一點也不縹緲，抹不開，硬要它慢慢褪去，卻熨貼在我兒子臉上。

我不知道自己是怎麼成為一位母親的。
幾個月來，他每天緊緊地抱著我，尿糞灑在我身上，我依然惶恐不安。我成了一個雜亂無章的母親，這個夢鏗鏘有力，猛力地敲打我，鞭笞我。

我成為一位緊張兮兮、神經緊繃的母親。慌亂，一塌糊塗。他不時敲開我的睡眠，雙腳用力地踢我。我叫他放過我這位髒乎乎的母親。尖聲嘶叫為人母的癱瘓感牢牢地穿在我身上。我的時間盛滿滿他的哭、尿、糞。他又小到我不忍心將他擊敗。

我一再向他商借時間，來盛我的文字。他不肯。我得專注於他。

拖曳著孩子。一身的狼藉，一身歪掉的疲軟。將所有負面詞語拋擲頁面，仍不足以舉起為人母帶來的千瘡百孔，彷彿人生從那一刻起開始穿洞，所有時間破堤流出。

這不是天職。你不用歌功頌德，不需要母親節蛋糕。我咒罵神對母親拚了命的折騰。我的疲憊在淋浴下崩出成為一朵花，這是我每日成天中唯一的一朵花，瞬間的清新；隨即門一開哭聲撲來，我得馬上像軍人一樣整裝出發。

隨時都在滅頂之際的疲憊，熾熱的累，零零落落的睡眠，一再被他的哭聲轟起。他戳穿我的睡眠，我越來越貧瘠，渙散。
我不知道這是不是母愛。無論他對我怎麼拚了命的攪碎，我還是得平靜地抱他，哄他，一次一次，一次又一次。

我不知道這是不是母愛，母愛是被逼出來的，被揪出來的，被擰出來，被榨出來的。

我為你換上乾淨的衣衫，為你清洗。

一件一件地髒，一件一件地浸泡，洗。

一件一件地晾乾，收起，一件一件地摺好。

零星汙穢就這樣被我一口一口地硬吞。

我成日在厚厚的所謂母親的夢裡，在密密麻麻的重複之中。

這是母愛，是被鮮亮的母愛。

我不斷地彎腰，抱，低頭，擦拭，換洗，無止的重複，每一天都讓我在潰散的邊上。有時我想去自殺，我不知如何才能從這個厚重的夢醒來。

我站在所謂的母愛的尖峰，我想一躍而下。

我厭倦你了，你的哭聲，你用力往後仰。我厭倦每天擦拭你的糞便。厭倦你每天吸我的乳頭。厭倦這沒有盡頭的哭鬧。

厭倦壓在我的臉上、脖子、手臂，成為一張粗的臉、粗的眼珠、粗的嘴。空白，我學會了朗讀，一個字一個字地去填補這空白。書寫，一個字一個字塞進這破洞的生活。

我不是生來當母親的

去跟貓睡。靠在她身上。緊緊地靠著。
我也想緊貼這個媽媽。
這個媽媽沉默著。
她的身體裡有一個圓圓的海。
浪規律地打著。一起。一落。

我生你的時候嘔吐了，青綠色的嘔吐。
我厭惡起我的母親，我的童年，我厭惡你的哭。

我結婚了。不作聲的結婚。
我很多年沒聽見母親洗衣服的刷刷聲了。
我媽媽老的時候爬上了枝頭在上面看我，她不想下來。

然后我要放水幫小孩洗澡了。
水一點一點變多，溢出來。
破爛的睡意縮在我的眼睛裡。
我不想回家，我媽媽不煮飯了。

母親，成了一個令我畏懼的詞，那捆綁我的手術臺，無力的發抖的腿。那被呼嘯去的睡眠，那被浪打的時間，被打得稀爛的時間。

我無法成為所謂的母親，卻又被逼迫成了一位母親。

母親的時間，沒有人注視的。他們只要你付出，以母愛之名。我怕這種生活，怕這個夢，怕從我溫熱的胸脯翻出更多更多的乳汁。

這寬敞的人，要擠在孩子的梳洗餵養之中，被人唾棄的家庭主婦這個詞。

我捧著豐腴的悶濁，又沒辦法丟棄。

他每日每日用盡力氣地沖刷我，一個他和世界最初的橋。我得泰然處之。

我的腦，我的想法，我的表達大部分被吸在床上。

我的睡眠沾粘，對母愛一詞用力的鄙棄，被壓
扁的默不出聲的焦躁，被撞倒的人身自由，被
灌滿的枯竭。
你看見我一如往常地推著嬰兒車，如一個慈愛母
親溫柔地安撫孩子，而我卻是已被蛀得中空。

他一次一次對我笑。那種純真的笑。對我龐大
的喜愛，對我堅實的黏著，活生生的親暱。是
一塊糖。但我不嗜甜。這種要以瓦解自我為代
價的甜，最原初最粗野的所謂的母愛。

他的擁抱，張大的，盛開的，在眾多的枯乾之
中，那是溼溼矮矮的青苔。
所有朦朦朧朧漫不經心的親暱，要將我網住，
我知道我逃不出來。

我滿是澎湃的脹大，荒白的龜裂，逃不出來的。

他對我滲出的笑沒有辦法讓我逃脫疲憊。
他短促的睡眠令我成了驚弓之鳥，片刻再片刻
的小睡無法跨過日積月積疲累的深溝。打從生
產的劇烈切割，累加的天數，這累，此起彼落，
鼓噪，沒有中止過。
雨後春筍般的累，雨後野草般的累。

這累長成一塊塊的碎石子。在我的骨骼或血
液裡。
這空白滲流。結成大塊大塊的荒白，疊出一座
巍峨的山，凝著霏霏的霧氣，散不去的霧。
我只能持續地清洗，餵食。煮沸又冷卻，日復
一日。

我坐在沒有水的浴缸。聽著浴室抽風機的嗡嗡
聲。我滑到浴缸底，白開得到處都是。

我就這樣被迫成為一位母親，揹了一成捆重重
的緊密的母子生活。
剛要入睡便被揪醒，一次，兩次，三次。
睡到酣處驛然被潑醒，一次，兩次，三次。
就算是在他白天短促淺眠之中，我也得伺候在
旁，被他的哭聲呼來喚去。我無法補眠。有時
候疲倦已漲至口鼻，卻是過於緊繃，無法入
睡。看著他熟睡，我卻發愣得像一支夜燈。
他終於睡著的時候，我癱在床上，腦筋開始發
亮。我抓起筆試圖把一切聚攏，趕出來。它們
卻開始渙散，一直膠黏在我的睡眠裡，喋喋不
休。我的精神被拔光，睡眠被抖掉。

一連串的，一堆過期的文字麻痺在我腦海，在裡頭局促不安，往外擠；熱烘烘的孤獨，熱氣騰騰，快炸掉的陰鬱，若烙在我身上的汗漬。

他還不習慣這個噪音迸濺的世界，分分秒秒裡裡外外都是不安。

車子、鄰人小孩的哭鬧、樓下路人講話、鄰居的開關門、放鑰匙、手機聲……城市的聲響，它們的碰觸，那些縫隙的聲音。所有的聲音像雜草一樣，無法根除，蠻橫、無所不在，令他乍然醒來。我得五分鐘、十分鐘去拍拍他、哄他，隨時在旁，若一隻狗命。剛一坐下他哭，一杯咖啡沒喝完他哭，不屈不撓地安撫他。

慢慢地我的話越來越少，像被泡軟的紙一樣。

粗雜在勒緊他。他又逼不及待要爬起來，要坐
起來，要站起來，一舉一動柔弱又莽撞。他在
吵雜不斷隆起凸出的世界一絲不掛，對世界的
聲響空氣人群極度敏感。他猛啼哭。無法逃脫
這鐵鑄的世界，無法縮回去。

他哭著入侵人類的社會。一行接一行地哭。哭
走我的時間，哭出他自己的命。

哭得硬，剪去我的時間。洗刷、磨擦我的性子。
我在他的睡醒之間打轉。空蕩。迷糊。被消耗得
無影無蹤。

我匍匐過的。要散掉。要斷掉。

要習慣這個世界的吵雜斑駁潮掉是如此困難，在
人之初。他的肌膚，一下子像油那樣發爛，一下
子像紙那樣乾。一再一再地磨損、癢、痛、紅、

膿汁。他蹣跚地適應這個世界。我被他囚著，被
他強押著，交出所有的時間。
封箱的自我。我餓得像一隻狼，卻作嘔食物。
世界在沙沙作響，五光十色。我像被捆的狗一
樣吠，像被捆的狗一樣發臭。

我寫母愛的醜陋，你習以為常的理所當然，所
有人認為的理所當然。
好幾噸的時間，成了棉絮，飄走了。
我眼看自己被他擰成一位母親，忍受活著的草
草的空白。
我又不能走，他已在我身上築巢，長根。
母愛成了一朵被折彎的花，用力吸著水分。

我的時間變得低矮。一下子就被跨過去。稀薄，

不堪一擊。易怒，面目可憎。日積的疲困已如毒液般爬滿全身，有時候我只感覺到抱他的一雙手臂還在，在長大，其他的器官輕盈無比。

上千次抱他。一次一次拉緊的肌條。他不安分地用力蹬腿。我的體力，開始比我的大腦說更多的話，吃更多的食物，雄辯滔滔，我長出一隻流氓的手臂。一對怒氣沖沖的手。

這日復一日的晦澀不清，酸臭得令我厭惡。惡狠的照護工作不停地抽出新芽，茂密。

我巴望從這個母親的夢裡醒來。他跟我的親密卻參差不齊地長出。拼拼湊湊成了一張碎花布。

我討厭母親這個不合人性的角色。討厭這一切密密麻麻的流水帳。討厭這種母愛的方式。我討厭這個被他借走的身體，被他吸過的乳房。

汩汩的尿液，時間，全都縮在這個房間裡。他成了親密的尿，過寬的汗漬，窄小的床。

刺痛的乳尖已經縮小了。你用了很久，把我用壞了，還要一直用。
你會揮手再見了，小小的手左搖右擺。
我最後會變成被貓吃掉的麵包屑。你會自己走路了，會自己吃飯了，然後你會慢慢地疏離我。

我生小孩了。我不能一個人走。我的力氣白費。陣痛白費。我很難專注，很難睡覺，我不懂要怎麼擺放四肢。

我想要寫字。你忽然又醒來，醒來了又拉著我。我丟個垃圾你要哭，拿杯水你要哭。我站在書桌前什麼都不能做，我又不能討厭你。
這層白到處都是，天經地義的白。

我生了孩子了。你在我身上睡。半夜醒來要找
我。一整天都要找我。一直要我抱你。抱得滿
臂痠麻。你撲在我身上，澄淨又活潑。這孩子拿
起筆，他還不會說話。看不到母親就要哭，哭得
很大聲。我每天都要餵自己吃很多飯才有力氣抱
你。有時候不耐煩粗暴地長出。睏意浸透我全
身。喝水，尿尿，重複，吃東西，睡不著。睏
倦一直濃縮再濃縮。好像蚊子在我耳邊一直嗡
嗡叫。每天喝咖啡、喝茶，被孩子刨成薄片。

這個夢，這個母親的夢已經被搗成殘渣了。
這放大的重複。這升得極慢極慢的布幕。這黑
下來的灼熱。這無法被揪醒的力大無窮的夢。

這個世界緊實了很久。被孩子打皺了很久。這層母愛一點一點地陷下去，又一點一點地被挖出來。然後都升空蒸發掉了。奶水變得沒有味道，你突然不吸了，只要壓在我身上睡。我想天天洗澡，換衣，修復自己。

這一絲尿的餘味。這繫緊的艱澀。這喘息的。這一口氣喊不出來的。你讀著。我又不能哭，孩子。你講的那場母愛我已經知道了，粉嫩紅色的。被扎針的脈管。圍聚著圓潤的人們，他們爭先恐後地抱你的孩子。但我不是，你認不出我的。

慢慢的我要教你，教你離開我。

我不是生來當母親的

等黑夜。等黑夜把一切洗得乾乾津淨淨。
等星星，等星星一閃又一閃。
等我縮回到母親的乳頭。
吸著稀薄泛黃的奶水。
等我的是一個無光的月亮。

上帝説，起來，不用怕。
神留了這隻猫給我。緊緊地勾住我。
止住世界的顫抖。
神叫我把那些憤怒淹死。狠狠地把它們淹死。

來接我，像接雨水那樣接我。

上帝，請你帶走酒醉的父親。

請你帶走在孩子面前動粗怒吼的父親。

我的孩子，我用文字活著。世界上的我已經在你出生之際就死了。

這惡是新來的。是一張床。我躺上去。它長成齒縫間的垢。

你父親的粗暴在家裡的每一面牆裡。這傷口不能碰水。彆著奇怪的姿勢洗澡。我在這個世界變得很年輕。因為我隨時要跳開。我的每一件衣服都是髒的。我想在他母親的牌位上用香菸戳一個洞。想要把農藥灑在他母親的骨灰罐。

我已經在這座婚姻裡被打。被罵。我忍受了很
多的冷。沒有任何禦寒的冷。沒有任何人知道
的冷。這種冷已經摧毀我很多次。殺死我很多
次。刺傷我很多次。但我還是像潑婦一樣活
著。我很難習慣這種冷。我很想離開。這種可
以把人削掉的冷。因此，我討厭所有的冷。一
丁點的冷氣，冷風，都令我崩潰。任何的熱湯
與食物都無法令我回暖。
任何的擁抱都是無用的，及不上一隻安靜的貓。
我的貓。

你又開始大哭。你父親開始失去耐性。他只想
喝酒只想躺在沙發上看電視。他只想要你快點
長大陪他看電視。他對你的耐性只有一行。他
怪我不會照顧你，怪我能力不足，怪我沒有收

拾地上的玩具，怪我沒有收拾亂成一團的桌子，怪我沒有洗碗，怪我沒有幫他洗衣褲。他喝醉了在客廳抱著親戚的大腿哭。他喝醉了躺在地上你在旁邊哭。他不知道自己醉了把你摔在地上。他喝酒會對我動粗，脾氣暴躁。

我記錄你父親的粗暴。所有的邊緣。所有的切線。以及所有的稜角。粗線。但紀錄不全。一行一行。

有時我忘了寫下。因為常常我被趕出去。那些事雖然糊掉了，但像難洗的血漬一樣在我頭裡。我厭惡所有你父親的親戚，那些喝酒的，說話大聲的，把你當玩具的。

我沒有朋友，沒有交際，我的朋友是一隻貓，
我的交際是寫稿。我和螢幕說話。我說話沒有
聲音。

等你長大，我想和你說這些事。但又說不清楚。
我現在都說不清楚了，所以我想要趕緊寫下來，
可又寫不清楚。那些傷害我的動作、言語，所
有細節好像血乾後糊住了傷口。要用水去沖才
會乾淨。可是我怕痛。我不想去沖，我都用塑
膠袋把傷口蓋起來，不要碰水，不要洗。

那些濡臭的情緒。他用力推我，推得我的手破
損，推得我的臉破損。他罵我，他搖晃桌子，
用力地搖晃。用力將整個茶几摔出去。我被困
住。我跑出去。你大聲的哭、大聲的哭、大聲

的哭。我跑到摩斯漢堡，店員會很親切地問我
要喝什麼。我想到朋友家住，我想住在摩斯漢
堡裡。可是我還是要回去哄你睡，讓你吸奶。

我只能靠近這隻貓。靠近她，很近很近，很近
很近。然後我會覺得好過一點。
我會變成一團空氣。可是你馬上就靠過來要拍
打貓，撲上我的胸膛，口水貼上我的臉。
我是你的床單，你喜歡壓靠在我身上蠕動。

我頭腦裡有很多的小刺。我無法好好睡覺。那
些發黑的血汙隨時都在刺出。我想讓你有和諧
的家庭。有不吵架的爸爸媽媽。有很多的擁抱
與親吻。
我想要擠出那些你父親失控的怒吼。可是那真

的很難。那些東西很容易就陷進腦袋的皺褶裡，
卡在裡面無法挖出來無法清掉。你父親人模人樣
的背後有一個裂痕很深的輪胎，隨時會打滑失控
衝出路面，會亂撞。我們都會被他撞倒。

我無法收攏這振振有辭的暴力，還沒來得及，
還沒來得及恍若無事。他每天發怒。炸開。吼
開。我變得遲滯，封閉，恍惚。你輕輕地推著
我前進，我慢慢地一天一天走得遠一點。

那些怒氣已經長在他的皮膚上。他的臉孔因此有
點歪掉了。你去推開他的大門，會看見他的身上
粘滿了螞蟻和腸子。菸酒濛濛地看不見你，也看
不見我。他昂著臉抱怨，搗著粗鄙的髒話，牢騷
滿滿的髒話。他看見你時還自以為是個慈愛的父
親，你馬上哭了，不罷休地哭起來。

你父親肉身裡含著像熱水那樣滾燙的暴力。搖
晃家裡的每一張傢俱，每一片物件。他推倒櫃
子，吼著，將怒氣滾到杯盤上。那樣的粗礫。
野蠻的崩碎。所有的暴力發出巨大的噪音。我
呼吸哽咽。那時，你蜷在我身上。這裡已經淤
積了大量的碎片，動不動便要刺傷我和他。

我們沒辦法把握這些散落滿地的碎片不會被你
踩上，我們沒有辦法清理。一如這個世界滿地
被藏匿起來的垃圾。我希望能把這一切埋在土
裡，但暴戾的氣味咬緊我。沒有辦法適切地處
理。沒有辦法讓這些安靜地死去。
我被夷為平地，植被被拔光，被陽光曝晒而乾
裂，一圈一圈地龜裂。

我畫著他們說很醜的畫。我的畫作充滿半生不熟的暴戾與霧濛濛的黑暗。

我的世界滿是一事無成的咬痕。我早就不再假裝甜蜜，不再裝模作樣，我沒有去舔平這潰爛的婚姻，我搞砸所有和你父親有關的關係，完全自力地應付這一切。我和她們不一樣，腔調不一樣。

我和他之間早就覆蓋了滿滿的紅褐色鐵鏽。我們走在一條沒有話要說的路上。這深深的蒼綠的隔閡，粗俗不恭。我帶著一本被嫌棄的筆記，吞下大劑量的陰霾，每夜於惡夢中醒來。夢裡有被伙伴抖掉的童年，他們炸開我身上公主的粉紅色蓬蓬裙。

我們之間的空氣變得稀薄，皺成一團。茫然它浩浩蕩蕩地向我直奔而來，若驚濤駭浪，一次又一次打來，正面打在我身上，我不斷地後退它又打來。

我爬著走了，看著天邊的星星，吸著被白天抖掉的空氣，一口一口地吞下曙光。

關於婚姻這件事，你非常的瞭解。你看見我赤裸的浸泡。我看見你凝視的目光。

我看見你有著小時候放學後的形狀。我看見母親費勁地在清掃父親抖落的落葉。掃不盡的落葉。

我想畫一種均勻的畫。過一種均勻的生活。

我不是生來當母親的

我的孩子，你要去哪裡。
一直在外面不是太好。
像這樣，我們都很寂寞。明天又開始。
孩子你要回家。家裡有貓毛。

叫灰塵進來。開門給它。
叫孩子出來，用新鮮空氣舔他。
孩子你拿了我太多的時間，不是不好。

月亮有唇。有酥軟的胸。
不要摸我。不要寫這個。
離開我的床。

我的母親，我自己，都離自己的模樣很遠了。離舊的朋友也很遠了。覺得舊照片可笑。覺得過去荒廢的時間可笑。現在荒廢的時間也很可笑。現在過著一種陳腔濫調的生活，掉入陳腔濫調的母親行列。

上帝把人造得很拙劣。一開始的時候真的很拙劣。需要緊緊地依戀母親。不斷地拉扯母親。開了口就要吸母親的乳。開了口就要哭。

小的時候，我會輕輕撫摸你的頭。輕輕地來來回回。撫摸你的背脊。溫溫的手幫你輕輕地壓按。你胖胖的腿。小小的腳。你身上穿了一件厚厚的母愛。
你一坐下來就要靠在我的胸前，抱起來就要枕在我的肩膀上。你想要長長久久地和媽媽在一起。

這個世界一點都不疼。你哭一哭媽媽就緊緊地抱起你。

再大一點，你拉著我的手走路。我小心翼翼地帶你走。你出去。回來。都要看到媽媽。你吃飯掉滿地。我要一顆一顆幫你撿起來。擦地板。每天抱你上樓下樓。小心翼翼地抱你。冬天的貓蜷成緊緊的圓形。你重重地壓在她的毛上。大家都要忍耐你。

孩子你在我的肉上、骨裡寫信。寫了一整年。你一歲了。我有點硬，不要碰我。你讓我泡入這層白。吃飯煮飯洗碗沒有止息的白。白得太滿的荒蕪。地板變得很冰，房裡不夠熱。變皺的床。變臭的浴廁。溫溫的洗澡水。我一定很蒼白。不要碰我。

孩子。我知道這場親暱是驟雨。茂密的枝葉。看不見陽光。一下子出現。一下子又消失。這親暱一定會消失，注定消失，縮進世界的凹洞。再也摸不到。

我只有一丁點的母性，在浪尖上一下就垮下一下就垮下。肥厚的厭倦。稚嫩的任性。很多的髒棉布，保持乾淨。棉質衣服，你的生殖器。

這路上有些凹陷。壓下去�膿不起來的凹陷。我知道我在凹陷中，和一隻貓為伍。我不想出來。這凹裡有雜色的蓓蕾，有壓彎的弧度。我住在她的身體裡很久了，是一本很完整的相簿。我已經學會把衣服一件一件摺好。認命地洗衣，晾衣，摺衣。我無法安睡。無法好好出去走走。我的陽台

總有植物死去，我喜歡它們死亡的樣子。我媽媽
一直都用手洗衣服，水龍頭的水小小地流著，然
後她用手擰乾。那一雙手與我擦肩而過。我想高
舉那雙手。我想睡在裡面。

我看著水果發爛，一天一天掛上腐臭。每天看
著，越來越大的褐色斑塊。黃得透爛的黃。

你的每一張笑臉，每一個動作，每一片聲響都讓
我感到生命初始的震動。像三角形的貓耳朵，肉
色的薄。人的氣味。你的笑在抖動，你的哭也抖
動。我忘記怎麼哭，我沒有時間去哭。淚腺已經
縮回子宮。陰道也狠狠地受傷，不再抽芽，不再
濡溼。變得又硬又拙，蒼白，冷，像一個厭世的
孩子。根枝都已經徹底的乾掉，沒有任何方式能

讓它活起來。叫雨水來沖洗這已經被你用得很舊的身體。這已經對性愛徹底恐懼的身體。

若你對生命感到不耐煩，看在母親的分上，你要撐下去。咯咯作響的床，要繼續睡下去。每個人都說你長得很可愛。你用力抓貓，你對貓其實不太有興趣。

我每天幫你洗澡兩次。把手伸入溫溫的小澡盆中，我才像冰塊一樣融化。我要靠喝很多的溫開水來開始，大口吃麵包。我每天哄你入睡好幾次，你哭鬧，扭轉，在我胸膛上用力搓自己的臉。我一口一口地餵你，你別過臉，搖頭，亂丟東西，賭氣；我要溫柔地一次又一次撿起地上的玩具，唱歌給你聽，拿東西騙你。我作夢還夢見自己在清你的大便；你拉肚子，我一天洗九次你的屁股。我在夜裡你的哼聲裡起床，幫你換下溼透的尿布，讓你睡得久一點。我看書，你過來亂翻，拿走。我用電腦，你在我腳邊吵。

你有一身強壯敏捷的親暱，貼著我。壓在我肉體上，臉龐上，精神上。我其實不耐煩，這長長時間的渾噩，你居住在我肉體上，你住進來，把我趕出去。

我肉體的汁液向你張開。時間向你張開。明天給你洗刷。給你乾淨的床單。你任性地喝光這可以滋養你的乳汁。任意地吸吮。把我扯向一個更深，最深的親暱之中。潺潺的親暱。一口一口地把我吞下去。

這很好。這樣很好。你長的很好。胃口很好。走路走得很好。

你對塑膠袋的窸窣聲感到興趣，拍打令你開懷大笑。把東西丟到地上令你開心。你看著漱口的嘴形笑。你用唇舌亂嚐你的手。

我每天要吞服一堆雜事。在家裡足不出戶。這肥碩的家務事。雜草叢生的家。有頭髮貓毛髒東西的地板。有玩具，沾到尿的衣服。尿布亂丟，有尿味的床墊。這些都是你的。所有夜晚白天都是你的。你要吸奶。吃粥，要加蘿蔔、青菜、南瓜、地瓜。要爬來爬去，要鬧，要哭。我被剪短，再剪短，成了你的房間，你的客廳，你的地板，你的母親。

這文字像乳汁一樣要擠出來才會舒服。
我要送你很多的玩具，很多好吃的餅乾。

小小的衣服。幫你你穿上去，怕你著涼，擔心你
生病，營養不良。你很黏我。又睡得不穩。你沒
辦法一個人，要我。要我幫你擦拭流到脖子上的
口水。要我替你做所有的事。所有的事。等你長
大以後我想和你說這些事，可是這些事有什麼好
說呢。你不想聽。你覺得那個小嬰兒不是你。
我已經寫出來了。你若感到厭煩。我不在乎。這
個你記憶所不及的地方，這個我深深陷入的地
方。我坍塌的地方。我要將這些浪費掉的時間
植入你的記憶之中。我要將這些發生過的事讓
你知道。

你是貓的兒子，這樣你才不會感到孤單。

無論如何我都得繼續下去，生活的尿液，肥皂水已經滲入我的雙手。重複的低垂，重複的高掛。你丟給我的一落一落的白。我要有更好的想法，更好的呼吸，更好的肢體動作。我成了你的器官，不停在運作的器官。你感覺不到它的。我倒掉洗內褲的水。你讓我穿上你。穿上你的呼吸。

乳尖在痛。我躺在臺上做乳房超音波檢查，你在我腳邊好奇地看著。乳頭有傷口，化膿。外科醫生幫我擠出來，擠到流出血為止。整個乳房發腫。痛得直不起腰。我用手擠出乳汁，用毛巾吸著丟掉。你不能喝，我有擦藥，有吃抗生素。你等不及我的乳房恢復，我無力拒絕你。所以我的傷口很難好。醫生說你的口水有細菌，我忍著痛讓你吸。你吸了才會安靜地睡。

到最後所有的人都好了起來。大家從月亮開始出發，裸露著。

我在斑剝的牆邊躺著。畫了一串北斗七星。沒人認得。靠著貓睡去，在動物溫暖的氣息中像聽了好聽的故事那樣睡去。你的哭聲用力打斷。我不想抱你。你聲嘶力竭地哭。門外的植物亂長。沒人照顧。地板上毛髮一堆。沒人去掃。窗外的枝葉搖曳，有風，於是吸了一口氣。夜晚切下來的時候，外頭漆黑，我聽見葉片的呼吸。貓醒了，你的哭聲把她吵醒，她盯著你看。你不止地哭。你的哭聲以及房裡無人的空氣並肩地壓迫著我。

到最後你不哭了。我不能讓你哭太久。

九個月以後我的子宮才再度流出第一絡經血。經過十個月孕育你，十個月後的崩塌，一直過了這麼長的時間它才又厚了起來。我的生活打從你出來，都是粗壯的不適應，凌亂不堪。不斷地忍受，硬掉又軟化，全身長出一些小刺，動不動會刺到別人，脫水的抱歉，有氣無力的說話，一點一點乾掉的厭世。生活裡滿滿是關於你微微的小事，一片一片削去我所有的時間，緊密的家事，和我緊緊相偎。大大小小，層層疊疊，已經滲進我的骨骼裡。

你的哭聲逼迫我站起來，挺起身子，還要柔聲細語。

親暱混了白的肥皂水，在房子裡湧來湧去，黏糊滑溜。在床單上。在肌膚間。可以砌成一本書了。這親暱的體味豔麗芬芳，活蹦亂跳。這朵親暱已經開得碩大，還會繼續盛開成世界上最大的花。臉頰相貼，額頭相碰，磨擦脖子，一頁接一頁寫不完的親暱。

這被子有嘆息的味道。你不蓋被子的。這粗略的春天。你帶著人的顏色。皮肉的氣味。汗的氣味。臉孔的氣味。你眉開眼笑的。每天都要緊緊緊緊地抱我。用掉一卷又一卷的抱，再抱。我長了一塊母性的繭。我不想把地板擦得透亮。我只想蓋好棉被睡覺。我怕那一直來一直來的惡夢。
我長成孔洞的纖維體。生活變得很多洞。留不住
時間。我怕那些肢體器官殘缺的惡夢。一點一點
揉出來。揉了很久。這個倦睏已經壓進我的腦袋
裡，壓進我的眼珠裡，整個眼窩裡。洗不掉的，
每天都在長出。

這是一雙家庭主婦的手。一雙不斷要碰水的
手。你不太一樣了。在房子裡穿梭，孩子似的
走來走去摸來摸去。我好像又可以入睡了。不
用把大枕頭壓在胸前臉上也可以睡去。我的睡
眠沒有人撫摸。整個身子緊緊的，沒有香味。

孩子在我身上。壓在我胸前睡覺。壓很久，很
久，很重，把他移走他就哭。一次兩次三次四

次。壓得我非常厭惡。他抓緊我抱緊我需要
我。我還是比較喜歡貓。貓壓我胸前睡。我
一定可以睡得很好。

孩子。他要睡覺，用我的身體睡覺。他把我一
口一口地咬下來。每天咬。很多的報廢時間。
他硬要我陪著才能睡去。要黏著我。

我好像忘記時間了。我抱你到別的地方。到有
樹味道的地方。你的力量慢慢增加。咧嘴笑，
笑。用小便、哭聲濺溼我。

晚上你的鼻涕都擦在我的被子上，我的衣服
上。我已經無力拿手帕去擦。房間、床上很
髒。那漂浮在浴盆裡的玩具，餘溫的水。一

直放到隔天。擠果汁給你。你不喝。換一種水果。不喝。不喝水。發燒。重複用果汁，手溼溼的。母親的手。混濁。每天還要用布擦地板。洗抹布的水都是黑的。

沒有人記得照顧孩子沖走了多少時間。你用掉了很多母親的生命。很多一語不發的蒼白。忍受著不嫌煩。源源不斷地給。習慣了腳底是髒的。想著用馬桶刷可以做成燈罩，還可以用俗氣的塑膠層櫃來裝書。我只是想讓這被壓扁的時間變得蓬鬆一點。我想好好睡個覺。一點一點地睡進去。一點一點地補回來。

我身上到底有多少母性的殘餘？無根無定的母親，微弱的母性。

孩子學步的姿勢、吃飯的姿勢、喝水的樣子，
都是徹底的新。那些笑從生命很初始的地方沁
出來，強壯他的身體，強壯我的身體。

他哭醒，趕緊跑去，把他從搖籃裡穩穩地抱起
來。吻他的額頭。抱一抱。換尿布，穿褲子，
冬天再多加一條衣。保溫瓶是空的。煮熱水。
奶瓶昨晚沒洗。去洗。泡奶。吃早餐。煮飯。
自我厭惡。擦屁股。丟尿布。

這樣的抱。睡醒的抱。茁壯長大的母性，在昏
暗的房間中，一次一次地抱起他，安撫他，他
一定要看到我，要看到我的臉。撫摸他，搓熱
他。他光潔的身體，我聞他的體味。我體內所
有溫柔的殘屑自動掉了出來。有時我會被自己

脱口溫柔的聲音嚇到。還有那常常要被壓住的情緒，被壓住的睏意，一開始是微微張開的自我厭倦，後來就放肆地越來越大。

故鄉的倉庫快見底了。所有和母親有關的事也快用完了。孩子還像是跟我隔了很遠。不安、浮躁，長成一大片和社會隔閡的植被。

他睡到一半會哭。會要我抱他。會要在我胸前貼著睡。我還是喜歡貓的味道。讓咖啡和冷空氣把自己一點一點揪出來。一點一點地消失。一點一點的不舒服。一層一層地感到餓。感到剖腹那個疤凸出來的癢。他開心時會晃動身體，像狗一樣。

你們應該多聞一些貓。要把洗衣服、刷馬桶當
作一件淨化的工作。

我已經對帶孩子出門感到厭倦了。厭倦哄他睡。
我要和貓一起睡，我不喜歡和孩子睡。不喜歡和
他說話。我要寫字打字，我不要聽兒歌。聽兒歌
令我睡不著，令我不舒服。

他要玩會發出聲響的玩具。他很完美，很溫
暖。然後會一點一點在這個世界上冰一點冷一
點。他總是拍打貓。我對貓說話。我看著他的
笑容早就硬掉了。我抱著他腋下全是汗。我沒
有用我不要做家事家裡亂。我不喜歡顧小孩我
是他媽媽。媽媽不在廚房媽媽不喜歡廚房。孩
子只要媽媽。要看到媽媽要媽媽抱。他吃很
多，小便很多。

我抱你抱得越來越順手了，好像一抱起來就滑
進我的肩膀頸窩。好像一抱起來就滑回我的肚
子裡。再一起滑進世界的垃圾山裡。
我可以輕輕說話了。可以每一次都把奶瓶洗得
很乾淨。可以把小衣服一件一件整整齊齊地晾
在衣架上。

母親們不需要安慰。這個世界已經克服了白的
重複。習慣重複是生命裡的大事。因為這滲入
的空白。成就了母親們。這一大堆瑣碎卑微的
小事，撫養著人們長大。

我對母親對故鄉的依戀已經被暫時地截斷了。
我炒菜變得很粗魯。喝的咖啡變得大杯。我習
慣去整理乾淨。沒法去燙頭髮，沒法等太久。

我感覺到想創作想畫想寫的殘渣沒有辦法清理
乾淨。

我畫了一個白色的母親。風雨交加後的白色。
沾溼的笑。沾溼的雙眼。

我要躺在母親的腋下睡午覺，等我孩子長大
以後。

88
89

那些受失眠所苦的人。

那些受文字所苦的人都蹲在母親的子宮裡。

在母親的肚子裡漂浮。

這長長的漂浮。當然會有一點疲倦，一點悲哀。

I roam around and ponder fate's abolishments.
Until my eyes are filled with tears and I say to myself, "Oh Rex,
Forget. Forget. The stars are out. The marble moon slides by. "

Mark Strand, Five Dogs

我漫步著思索著命運的荒蕪。

直到我淚眼盈眶，我對自己說，噢，雷，

忘掉吧。忘掉吧。星星都出來了。大理石月亮滑過。

Mark Strand, 2002."Five Dogs", p 243 in *Poems to read*, ed. by Robert Pinsky and Maggie Dietz, New York: W.W. Norton & Company.

給兒子的備忘錄

我厭惡這些人。我厭惡你的父親。

那些東西直衝我的臉。動盪不安。病弱的彈跳。

我們不曾有過自己的房子。

我需要在下大雨風很冷的時候出去。

因此我需要一雙紮實的雨靴。和一支筆。

我在龍年生下你，回到家的時候家裡一個人也沒有

我沒有一點一點忘記

我記得很清楚

我們都在等誰的出現，準備走開又轉回來

一切沒啥特別　大家都好端端的

我把你接回到一間疲倦的房間

你現在的顏色很白

你前世的舊傷已經遷走

我沒長翅膀

我得一直聽著你的聲音

聽你的哭半夜起來抓著我
你睡到一半都要哭　哭好幾次
我的睡覺病了我的家病了
我沒法出去你又哭　我看著外面像屋頂的鐵架

我怕我不能在這個家庭支撐下去了。
我怕我撐不到我們可以聊天的時候。
在這家裡成形的對你父親的厭惡，愈多愈難處
理。我縮起來睡覺。我和你睡在另一張床上。
我不想變得溫柔。我不讓他觸碰我。我不想和
他說話。很多東西躲在房子的牆壁裡。在捲起
來的落葉裡。

他慢慢變成一種機能性的存在。他的存在是幫忙照顧你。分擔家事。

他出差好幾天不在的時候，我得一個人照顧你。我怕了這種累。我怕這種你緊緊黏著我的累。那會讓我討厭你。這種累像深陷泥巴的吃重。你斷奶後的一歲五個月，我狠下心找了保母來分擔半天，這才覺得自己一點一點回來。那個時候到保母家門口你都會哭，和哭著的你說再見後我都匆匆跑掉。你很快就適應了，但那時候我心裡的不安、恐懼，都找不到人來講。你父親什麼都不問，他一直認為我把你送去後一定是回家繼續睡覺。我在那短短不到四小時的時間緊繃地創作，死命要挖回過去被你消耗的時間。

你父親不在我覺得很好。這個家才有平靜。花
朵才又回來。他不在我陷入一種久違的平靜，
好像瞬間空氣流通了，有微微的風。這種平靜
促使我想離開他。

我跟他說過很多次不要在你面前怒吼。他說他
吼的是我。他說他不會罵你，他只會罵我。我
不想這種相處方式進到你大腦，我怕你的腦袋
因此有個洞。我很想離開這間房子，我不想每
天晚上看到他。

但是我已經沒辦法一個人離開。帶著你我又沒
辦法工作。他也不會讓我將你帶走。我第一次
感受到人生不是自己可以掌控的。你還太小。
我要帶著你。

你每天早上看到我都會笑著貼上我的臉。我以

前不會欣賞你的笑。我喜歡你的笑臉，看到我的笑臉，還有你牽著我熱熱的小手。你一直像倒刺一樣勾在我身上。你聽見我摸貓的聲音跑過來找我。你把頭埋到我胸前。你爬上來坐上我的大腿。

你爸爸沒受過苦。你沒見過面的奶奶從早到晚看電視。你小叔一天到晚打電動。
你爸爸沒有看過外面的世界。他只看台灣電視新聞。他們家裡一定要無時無刻開著電視。他喜歡喝酒，一個人隨便就可以喝兩大瓶。大聲聊天。作很多自以為是的批評。他好像沒喝酒就沒有朋友。他的朋友都是來喝酒的。沒有喝酒他們就沒辦法聊天。

你小叔每天早上出門前都要洗澡，洗好久，他洗澡的時間我可以洗三次。洗完後從浴室飄到整間房子的氣味令人不悅；熱水高溫以及洗潔劑累積出來的味道加上陳年浴室不通風的悶味。他還會吹很久的頭髮，大概也是我的三次。等他踏出大門時我終於全身放鬆。他在房子裡的存在令我不舒服。他的味道。他講話的聲音，他發出的任何聲音。打鍵盤。打電動。這些都令我莫名的焦躁。

沒有人在的時候我才能很自然地摸貓。跟她講話。我才能專注地創作。我一定要一個人的獨處。假日，我不喜歡家裡有人來。坐很久。看電視。我會因此出門。出門我沒法創作，但我還是寧可出門。我不喜歡演一個良妻。切水果。

洗碗。甚至在旁人面前幫孩子換尿布、講故事都令我難受。我對這間我婆婆的房子非常敏感。每一間房間的溼度溫度我都很瞭解。

他們覺得我有病。你爸爸發怒時常會罵我有一堆的病。我真的不害怕。我一直知道這世界上有很多人跟我是一樣的，只是我沒跟他們在一起。

寫作是為了在這個無法發聲的家裡發聲。透過寫作讓自己可以到外面，讓自己離開這個現實上的家。它是我需要的出口，我每天挖一點的地下道。沒有計畫。不知道它通到哪裡。但我相信那是一件有希望的事。水位每天升高一點升高一點，那些文字自然會爬出來。

98
99

我不幫你父親洗衣。連晾衣我都不要。我對那些上班的襯衫長褲感到厭惡。對那些穿了很久的內衣褲感到厭惡。我對那種上班的穿著感到厭惡。

這間房子的焦躁會繁殖。那是我人生的焦躁。還是這家庭給我的焦躁。我在這裡陰暗無聲，惹人討厭。這是一間上一代朽壞的房子。他們一生下來就住在每天開電視的房子裡。我想擊碎這個家。我聽見自己變硬的聲音。

我厭惡你父親。我不想和他有任何身體上的接觸。就算勉強也提不起勁。在這個世界裡我已經一大片一大片地枯乾。他的體味變了。變成一個陌生的男人。我對這個男人一點悸動也沒有，我不懂那些無聊的抽動能有什麼快感。我嫌惡這件事。連看到孕婦都令我嫌惡，尤其是孕婦旁邊的那位男人；我已經看見當孩子哭鬧，孩子大便時，他們只想盡可能地逃避。他們不適合有小孩的生活，他們的頭腦只想跑去和朋友喝酒聊天。怒吼女人。

每天我都要穿過這個家庭的沙質土地，然後很容易就陷在裡面。我厭惡你的父親。我對這個家的成員感到厭惡。他們腳走過地板的聲音。他們洗澡的氣味。吹頭髮的聲音。講電話的聲音。這個家在我走進來以前已經垮了，也許這個家從來沒有被拉直過。徹底的昏暗。

與你父親的隔閡是從一次一次他對我的怒言累積下來的。我的聲音有時很倔強很激動。我想

讓這些變成無聲。教生命去包容。但人卻常常
在家庭裡被毀棄，只好到外面去。我不住在這
房子裡。我不是你父親的妻子。

這些人。你小叔。你爸爸。偶爾來看你的爺爺。
我站在他們之間。就是一根帶刺的樹幹。我討厭
那種已經空掉，又要維持還健在的家庭關係。他
們吃飯沒有說話，盯著電視吃。現在我把電視關
掉了，大家都盯著你看，盯著我跟你說話。我討
厭他們把你當玩具，把我當玩具的維護員。他們
在，我就想出門或躲在房間裡，我厭惡他們跟你
說話的聲音。我甚至厭惡他們跟你玩。他們沒有
分擔丁點照顧你的重擔，也沒有買過東西給你。
他們只是沒事幹，因為我把電視關掉了，他們覺
得很無聊。他們一家人住在電視機裡。住在你奶
奶的神檯上。

我和你父親有過情感嗎？我想是一種錯覺。他在他母親過世後便是一個朽壞的人。道德上的朽壞。他沒有信仰。生活是賺錢、花錢。享受背叛妻子的快感。享受口舌。放縱欲望。所有這些都傷害了我。他沒有辦法應付生命裡不好的事。所以當生命的黑暗突如其來的時候，他就變了。我沒有能力拉他。沒有人有能力。這個世界很多時候都得要靠自己。他掉下去的那個深淵，在我道德的世界已經到地獄了。

恨他是要花力氣的。我沒有力氣去恨別人。可能也因為不夠愛他。口語的暴力我承受了很多。有時候我也會反擊，我也想讓他受傷，但我選擇在文字的世界裡記下。

婚姻沒有改變我。是生孩子改變了我。是你讓他
的真相浮現。你讓我看到了一個男人的真相。看
到了一個家庭的真相。我沒有太多的改變，只是
生命經歷多了一塊。有時會以為經過這些，自己
越來越堅強，其實沒有。是生活太忙的錯覺。你
還小每天都要很早起床，沒有一天可以休息。

我想要走。我當然很想走。我當然想要有人把
我帶走，幫我解決這一切問題。我在這裡一直
走不出去，不管怎樣每天都要回家，因為沒有
別的地方可以睡。

出走，這種想像很空無。你還太小，我娘家不
在這裡，沒有丁點的後援。

他用你去阻擋這個世界了。你成了他最好的玩具。他人生的空白都被你填上去了。你可以陪他很多很多年。你現在還這麼小。你現在還抱著新買的玩具車睡覺。

外面，外面的海浪一直很猛地衝上來。我們都像植物一樣要得到充分的滋潤。有時我們一時慌張，縮小了。坐下，再坐下。山坡上希望又長出來。

我有時能夠感受到你世界的圓潤。看你睡覺的樣子。看你吃東西的樣子。每天抱你上樓下樓，走那三階段的階梯。你把臉壓在我臉上是在親我，是喜歡我。而我在這個世界存了一些文字，一些沒有人掛出來的畫。我常因為在別人面前流淚而感到巨大的疲憊。像髒掉的雪。

你一歲半。我不花力氣去理他了。不想和他說話。不想聽見他說話。我們為了你在一起演父母，是因為我和他都不想離開你。

你花了我非常多的時間，幾乎是全部的時間。我想和你在一起是母愛的責任，因為我知道孩子都要有媽媽。你占用我的生命。一身俱疲，但我不會讓任何事把你從我身邊帶走。

有些東西被拔掉以後就長不出來了。情感如此。家庭關係也是如此。夫妻間的爭吵更是如此。每一天那些微微的小事被他的怒吼放大，情感就這樣一天一天被拔掉。有一天會被拔光。我只要寫一些字，就覺得自己恢復了一些；但我跟他的情感是沒法再靠近了。

他認識了一位玩高級音響的朋友。認識了一位喝紅酒的朋友。認識了一位抽雪茄的朋友。他下班經過便利店要買一罐啤酒，去賣場也要買一箱回來。他喝的紅酒越來越貴，紅酒越買越多，紅酒杯越蒐越多。每天晚上在家都要喝一兩杯，週末從早喝到晚，當飲料喝。看賣場型錄看得比什麼都仔細。他只會看賣場型錄，任何教養育兒書看一頁就丟掉。他對酒的興趣比對那時老是哭鬧的你還多。他認為照顧你是媽媽的責任，他腦袋只想要你趕快長大陪他喝酒。

我本來對酒不反感，他每天喝也不妨礙我。你出生前他喝多少我根本不知道。你生下來了，無時無刻都要人照顧，而他喝多了就直接走到床上躺下來。跟我說去應酬，其實是同事聯誼，還怒言

說這是他工作的一部分。只是一堆無聊中年男人
用公帳的瞎混，假酒精起鬨，互相灌酒。他上班
十個小時，加上通勤時間，晚上七點半才到家，
還要吃晚餐；你十點要睡覺，你和他共處的時間
只有兩個小時不到。他去喝酒的話，這兩個小時
都不見了，我連澡都沒辦法洗，坐下來好好吃飯
也沒辦法，還要洗碗，收拾，一堆的家事。

他說他的人生目標是要撫養你長大。他的人生
其實沒有目標，在你出生之前沒有目標，而養
你長大也不是什麼目標。他當然喜歡你，你是
如此美好。若你生來有什麼缺陷，他會歸咎於
我。但他連幫你清大便都不耐煩，聞到你大便
都假裝不知道。總之，他只要好的，只要輕鬆
的，只要看你笑，只要跟你開心地玩；你要哭

鬧，要睡覺，要吃飯，這些勞心勞力的事，他就要推給我。

他對我呼來喚去。在我們每天兩小時的相處之中。他幫你洗澡那短短十分鐘，我要拿你的浴巾、幫忙放洗澡水、準備你的衣服……洗碗、擦桌子，收拾……接近十點要陪你上床，你有時滾到十一點才睡，他則在客廳喝酒看電視，上網亂買東西瞎晃……

你知道嗎這些爭執不會走不會融化，積太多在心裡我會生病。下面這些是一行一行記下來的爭吵，受傷的片斷。我還在記。我會記下去。也有些沒記到。我為什麼要記？我為什麼不記？然後有一天這些會變成垃圾，是我把它們變成垃圾，也許我已經把那些東西吃下去了。這些爭吵留下的傷不會自動消失，我現在能做的只是先記。

你兩個月。我說幫你脫襪子要輕一點，他突然火大嫌我煩。本來要幫你洗澡也不洗了，他發怒了。他搖晃雜物架，東西都掉下來，他把你小吊床的鐵彈簧拋撞牆壁發出嚇人的聲音。我抱你出去。冬天下雨風很大很冷，把你揹在胸前，撐傘，到外面走了一個多小時才回家。他已把東西放回雜物架，好像一切沒發生過一樣。

你約兩個月，我無意間將幫你擦屁屁的保溫瓶放在桌角。他不小心撞到，撿起來又重重摔在地板上，發出刺耳的撞擊聲，還大聲怒斥我，怒斥我不要把東西放在桌角。

你四個月。我們坐飛機回外婆家，住了快兩個月。他樂得很，一個人在台灣。這兩個月，他只打過五次電話。他沒有關心過我們。我通知他要回去時，他還極度不爽，因為那週末他已經跟朋友約好去高雄玩，還說那週你小叔的房間要裝修。他叫我延後回來，但因為聽到我已經改好機票，他就在電話裡發瘋地吼：「我叫你晚一點回來你是講不聽嗎，叫你媽媽來聽電話！」

我們也沒辦法住正在裝修的房子，你白天三不五時要睡覺，一堆粉尘對你也不好。我只好求助朋友，但你半夜會哭，也會打擾到別人……後來他讓步了，你小叔的房間到現在也還沒有裝修。

你七個月。凌晨起床哭鬧,當然吵到他了,他大罵幹你娘。有天早上,你漏尿,尿溼了大床,他最珍愛的席夢思。他又大罵幹你娘,大聲地帶情緒地罵。我都會被他嚇到,何況是你。只要尿溼床他就要發怒,還狠狠說,你們兩個買機票回去,兩歲再回來。他只想要長大的你,嬰兒期的半夜哭鬧,尿床,他都不要都在怒吼。

你七個月。半夜從大床上跌下來大哭。他不是馬上關心你,而是一句怒吼幹你娘。這張大床床架很高,我們三人要擠在上面,你睡中間,我們兩人當你的人肉牆。但你常常要趴在我身上睡,我沒睡好過,又怕你跌下去,雖然下面有床墊,但那很薄,你還那麼小。我多次請他先把床架拿掉,他不肯,說沒有床架他沒辦法睡。為了他奇怪的習慣，你從那大床上掉下來好幾次，每次他都歸咎於我。他習慣把不好的東西推給別人。

你九個月，沒記下來是因為什麼事，他又發脾氣怒吼幹你娘，還扭傷我的手臂。我跑到警察局報案，去醫院驗傷，還照了 X 光。醫生問是怎麼受傷，我沒說是老公弄的。後來，就這樣沒有驗傷單。沒有報案。

有天晚上他幫你洗澡。我們好像在吵架。你不小心滑倒撞到頭，在浴室大哭，我打開門要去抱你；他怕我怪他，先怒吼我，又把門用力關起來差點夾到我的手。他說都是因為我跟他講話害他分心。

一個週六下午。我外出，他一個人顧你不到半
天就心情不好。找人來家裡喝酒剛好沒有人要
來。晚上他終於約到人，一起帶你去百貨公
司。他週末的行程就是逛百貨公司，逛賣場。
我去找你們，要餵你喝奶，卻發現你們在很吵的
演唱現場。那不適合嬰兒，我請他帶你離開。他
不聽，還叫我走。你在哺乳室吸完奶後就先回
家了。之後他回來脾氣很差，不知為了什麼小
事又怒吼。我受不了只好出門。等我再回家，
你一看到我馬上大哭，一副委屈樣，可見我不
在他不知對你吼了幾次。

又有一次，也忘了是什麼事，他在我們面前把
小圓茶几捧出去發洩，怒吼。我們都嚇到，你
大哭，大哭。

你一歲不久，他一個人去喝喜酒。喝多了，坐計程車回來，喜餅還有要拿給我吃的菜都掉在車裡，還忘了拿回找的錢。我在家裡等他拿午餐回來，結果什麼也沒有。我要出去找吃的。他醉到只能躺在地上顧你。你爺爺在樓下按門鈴等了好久都沒人開門，他明明躺在客廳跟你在一起。你一直哭一直哭，好似從我出門到回來你都在哭。我傳簡訊給他處長說這樣的人不要讓他去應酬，他對我動粗怒吼，把我眼鏡都推歪了。你爺爺坐在沙發上看著，沒有說一句話，像在看電視一樣，從那天開始我完全不看他也不叫他了。

他害怕獨處。我出門上課的晚上，他都要叫朋友來家裡喝酒。有一次我回家，他躺在地板上

全身酒臭，你在他旁邊爬來爬去，那時你還不到
六個月。他喝太多便要躺下來，站都站不穩，走
也走不穩。他只要喝酒從來不會喝少的。還有一
次他從處長家喝回來，說自己沒醉，硬是抱你走
到房裡，剛走到床邊你就跌下來。

也是一歲不久，週五晚我出門上課。這天沒有
人要來陪他喝酒，他自己一個人喝了不知多少
紅酒。我開門進去他躺在地上，你在他旁邊哭，
你看到我大哭，他還是沒有醒來。隔天問他，
他說太累了，累到睡著；平常要是沒喝酒，他
半夜一兩點都還在看電視。

一歲一個月。意外地從他電腦裡發現，他在你
出生不久，給已經聲稱分手的小三兩萬五。他
還拿你的爽身粉罐砸我。又怒吼。

我在客廳牆壁上用你奶奶生前買的一大瓶墨汁寫
了一行：請上帝帶走在孩子面前怒吼的父母，請
上帝帶走在孩子面前酒醉動粗的父親。他回家。
我看到他坐在大桌子前發怒，用力搖晃桌子，發
出很多惡毒的話。我一聲不吭。都交給上帝了。

關於我們的爭吵，他對我的怒吼。這些記下來
的只是冰山一角。有時我覺得我們每天都會爆
發，丁點小事輕易就擦槍走火。尤其是週六日，
我們共處的時間一久，幾乎都會吵架。已經脫
線已經忘記。在這長長的婚姻之中，你晚了這
麼多年才出生，我已經想告退。一開始我還在
念研究所，然後是你奶奶的生病及過世，然後
是你爸爸的外遇，當我在這個異鄉為了這婚姻
痛苦地上班的時候。

一歲半。我說孩子的衣服都是我媽媽去慈濟拿的
二手衣，要謝謝我媽媽。他說他對我媽媽很好，
他媽媽慈濟的東西都給我媽。我說有嗎，有什麼
東西？不就是一些放很久的書籤，我後來也沒有
拿去給我媽。他突然怒吼。大聲怒吼。無理地怒
吼。只要提到他媽媽他就會失控。他講得好像給
我媽很多東西，對我媽很好的樣子；而那根本
是他不要的垃圾，我都不好意思拿去給自己的
媽媽。每次有一些很爛的文具或贈品，我想丟
掉他都叫我拿回家，我家人根本也不會要這些
東西。然後他繼續莫名地發怒，說聽到我聲音
就不想跟我說話。

一歲八個月。週五傍晚我都要等他來接手照
顧你，才匆匆到永和上課。一次我接到他的

電話，語氣惡劣地說他撞車，叫我把你送去給保母。保母外出了。他說打給住在我們家附近，他的大舅。沒有接。我打給我的朋友，大家都不在。我和他商量怎麼辦，他開始失控怒罵我，怪罪我害他撞車。平常他會說愛你，非常地愛你，出事時他只會把你丟給我。他毫髮未傷。平常喝酒的朋友一個也沒能幫上忙。他出事就要怪我。就要罵我。

事實上，我們每天短短兩三個小時的相處，也都沒有辦法圓融了。

他想跟你玩，但你只要看到我，就要黏上我。他可以好好吃飯。我不行。你會黏上我。我連喝一杯水，坐在沙發上想好好喝一杯水你也馬上黏過來要喝，要玩我的杯子。

一歲八個月。我無意間發現你爸爸的過期護照
在他包包裡，他還騙我這本護照已經被外交部
收走。這本護照有你出生前不到半年，他又瞞
著我去找小三的出國紀綠，因此他不想被我看
到。我再次確認，是你出生的那一年，沒錯，
我回馬來西亞辦活動快三個月。他出國了四次。
有一次還長達一週。我默默地把那本護照收起。
隔天，他從早到晚狂打我手機。我其實是突
然感冒昏沉沉地躺了一天。那一天你也突然
發燒，兩人都昏沉沉地午睡。傍晚你高燒到
三十九度。不喝水。我叫他快回家。他回家不
是關心你，而是直叫我把他的護照還給他。他
在你面前怒吼我，還用力把房門砰大聲關起。
我不理他。你在發高燒他還在為他自己的事發
飆。他跑出去跟朋友鬼混一整晚不見人影。我
請他買水果給你他也不理。

你一直緊緊地抱著我。我渾身汗，不斷地流汗。你不吃也不喝。我怕你燒過頭了。我全身溼黏想洗澡你卻緊緊地要我抱你。我得撐起來幫你洗澡。我們兩人昏昏沉沉地躺著。你額頭很燙，不用量就知道你發燒。你一生病就不吃不喝。水也不喝果汁也不喝。我沒法睡。你壓在我胸前。我一個人獨自扛你小小的生命。沒辦法出聲。從懷孕、生產、坐月到這一年多來，我獨自承受太多。他憑什麼要擁有你？要占有你？

我厭惡你父親。我厭惡這些人。他們積累的雜物。你奶奶過世六年了。六年。這些雜物還和我們擠在台北小小的公寓裡。我不知道這所有一切的遺物會留到什麼時候。我知道我厭惡這一切，一切強加在我生活空間的物質。我不該和死者的遺物計較。這些雜物成了肚臍的凹洞，留疤在這座房子上。

這是三十年的分量。你奶奶三十年購買的重量壓著下一代。我讓她陽台種的花草全數枯死，每週到花市增購新的植物。我躲在房裡巴望它們長大，恣意地亂長。陽台四層櫃裡盒子雜物還在。外頭卡滿灰塵。對於那一切我無能為力的雜物，這一抹的清新綠意，渺小得可以。

我要破壞這房子。我婆婆的房子，你父親有關媽媽一切記憶的房子。

你奶奶買的四層鞋櫃比人還低，但就算是兩個人來搬還是搬不動。我硬把它分解，把門一片片拆掉。一扇小門板扛出去都要停好幾次。鞋櫃丟出去了，陽台露了出來。這個家原來有許多體積龐大笨重又不切實際的傢俱。一個客廳有三張茶几，一張玻璃長茶几，桌面層板下還有碎藍石子排出的奇怪造型。都被我很吃力地丟出去了。

我在這個家住了十年後才掛上一張自己的畫。把你奶奶買的刺繡畫拿下來，把自己最大張的畫掛在客廳。把黏在牆上二十多年的時鐘拿下來，也掛上自己的小畫。一直到這間家可以掛畫的地方都掛了我的畫。原來念美術系的沒有用現在很有用。

我從來不認為這些書寫愧對於你奶奶。我從不祭拜她。我總是一直冷眼看著那花大錢的檜木牌位。

這個家，只是讓人淺嘗表面的安全感。這裡頭的笑，已經被下葬了。你父親可以來接我。但裡面都是泡爛的樹根。已經吸不到空氣。

人生是有一點童話的。童話裡的家。童話裡的父母與孩子。童話裡的家長成了綠草成茵的鄉愁。但在現實裡它變成一個你住不習慣的地方。

你每天要貼在我胸口睡。半夜睡醒要找我。你一定要躺在我旁邊睡。這些是家。

高興點。那些聲音聽起來很刺耳
那些無話可說的靈魂最疲倦
你說的沒錯
到頭來總會習慣的
很多人已經先到了
帶有一點氣餒
你還沒收拾好
你一定在別的地方有過快樂
婚姻只會讓你更悲哀

為什麼外面還是這麼黑暗
你慢慢再說一次
你一直在寫　每天
仍然斷斷續續地忍受這些痛苦

我跟著你進去　坐了下來
坐下　再坐下
因為你們生了小孩了
已經無法把東西收乾淨
那樣做了以後你覺得很冷

你走進去　坐了下來
你終於明白自己適合悲傷

你輕觸這孩子　再緊緊摟緊他
你一點一點回到家的聲音
你走進去　坐了下來
抱著那孩子
你坐在我的旁邊　幾乎要放聲大哭

你猶豫又固執的身體
你流亡在世界的外面
那些東西在後面推擠
從家裡一直增加的推擠
你因此走得慢多了

我想看現在的你
從孩子睡午覺的房間走出來

你很年輕　你並不常在那裡
你們不說話　說話不好
那以後的對話都很吃力
那房子裡成形的憎惡越來越大
我去找你看看
希望你變得強壯一點

我已經不能走得太遠

「你的澡盆已經發芽了

　上面有一疊紙

　你拿去畫畫

　我已經不能走得太遠

　你拿去畫畫」

我在這裡寫澡缸。寫滑滑的垢。寫破掉的瓷磚
牆。寫黑黑的梳妝鏡。寫我的人生。寫那一雙
我過世婆婆用的浴室拖鞋，寫它用了十年。寫
我們不斷買衛生紙。寫桌子不斷亂掉又收拾。
寫我的身體。寫我伸展它們。晃動它們。寫我
用臉盆洗內褲。寫一切都要好好地清洗乾淨。
寫把自己拿到外面抖一抖。

寫我的先生大吼大叫我很厭惡他。寫我們都離得很遠。還要遠。寫我每天都回家。變成一隻沒有喉嚨的動物。寫在夢裡我和好朋友說，我的生日願望是要他去死。寫我喜歡那個夢。

寫他是一個死者。一個活生生的死者。寫他活在母親的死亡裡。母親的醫院裡。母親的病床旁。母親瀕死的模樣裡。

你認為我應該停下這些遊戲嗎？我躲在這些文字裡面。因為一切依舊。他找來的物質增添，只不過讓母親的墳越陷越深。

我不懂得撫平那些舊傷。我已經把孩子接到這個家裡。但我一直住在骯髒的回憶裡。我不斷出發又回到原點。那些過去變得又病又臭。從那裡滲出一堆的舊傷舊恨。我先生拿了那些怒吼。緊緊抓著。他走過來當了孩子的父親。

所以我在寫你。寫你當了母親。寫你把貓緊緊地抱在懷裡。寫你流的經血。寫你的尿液。寫你的挫折。寫你日夜在擦自己的生命。直到睡眠崩塌。
寫你越漂越遠。寫你在黃昏下去游泳。

孩子，我想開始，我自己的人生。你親吻我的臉。抱著我的大腿抬頭看著我。結實的一汪淚水。把我包圍起來，把我的人生圍起來。我要回去，作夢。親暱的重量，炎熱的重量。我讀得很慢，不甚瞭解。完完整整的親暱。猛烈不

斷地揮動翅膀。家庭的重量，在裡面深處的柔
軟。你緊緊抱著我的這些日子裡。潮溼感。我
讀得很慢，在你的深處找柔軟。

所以我寫我已經不能走得太遠。寫我去畫畫。
不能走得太遠。孩子會哭。

這水淹上來的房子。木造的老房子。
在停電的深夜。雷聲隆隆的深夜。
門口的鞋子都漂走了。
我在那裡。把書搬到高處。打包衣物要走。

我已經對帶孩子出門感到厭倦了。

我安靜地讀詩。文字給我的震動。
文字裡的老靈魂都和藹可親。

我不是生來當母親的

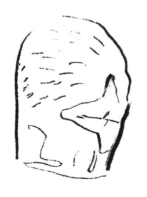

馬尼尼為，本名林婉文，出生於馬來西亞柔佛州麻坡，讀過台師大美
術系、台藝大美術所，寫過星洲日報繪本導讀專欄（2012.3-2014.9）。
現於信義社大等地亂講，以繪本人生學校概念導成人繪本讀書會、以
原生藝術精神導成人繪畫、以繪畫與文字創作，融合生命軌跡。著有
《帶著你的雜質發亮》（入圍 2013 年開卷好書獎、2013 年法蘭克福書
展台灣館選書）。

繪本亂讀會 http://midddle.blogspot.tw
樹人畫學校 https://www.facebook.com/outsiderartschool
個人創作 ｜馬尼尼為無限公司 http://maniniwe.blogspot.tw

國家圖書館出版品預行編目資料

我不是生來當母親的 / 馬尼尼為作．
-- 初版．-- 新北市：小小書房，2015.2
ISBN 978-986-91313-1-5（平裝）

855   103024292

我不是生來當母親的

作者	馬尼尼為（林婉文）
美術設計	陳采瑩 summer.michel@gmail.com
文字校對	馬尼尼為（林婉文）｜游任道
總編輯	劉虹風
責任編輯	游任道
出版	小小書房｜小寫出版．小小創意有限公司
負責人	劉虹風
	地址：234 新北市永和區文化路 192 巷 4 弄 2-1 號
	電話：02 2923 1925　傳真：02 2923 1926
	http://blog.roodo.com/smallidea
	smallbooks.edit@gmail.com
總經銷	大和書報圖書股份有限公司
	地址：248 新北市新莊區五工五路 2 號
	電話：02 8990 2588　傳真：02 2299 7900
印刷	崎威彩藝有限公司
初版二刷	2017 年 8 月
ISBN	978-986-91313-1-5
售價	新台幣 450 元整

在河的搖藍裡面
你夢裡的哭慢慢地遷移
你夢裡母親的溫柔都要消失

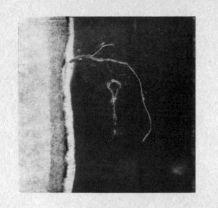

神給我的翅膀很小
飛不起來但很合身

洋蔥皮、油墨
2014

並給我的翅膀
很小
很小
飛不起來
來但能含身

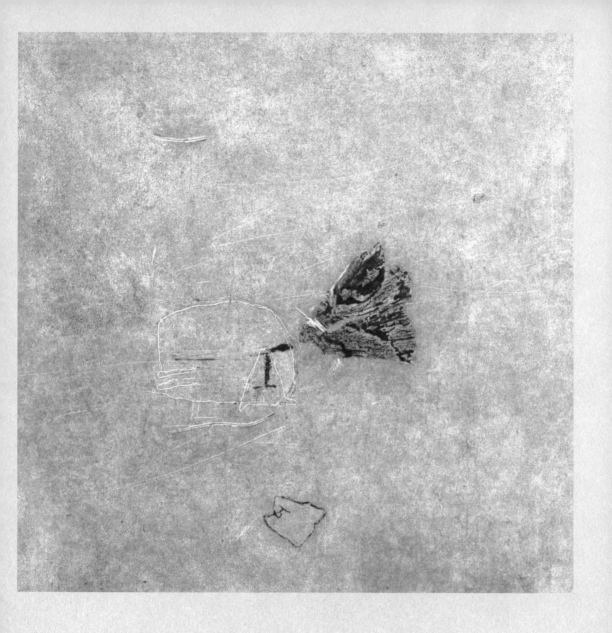

神給我的翅膀很小

飛不起來

所以我很珍惜自己的身

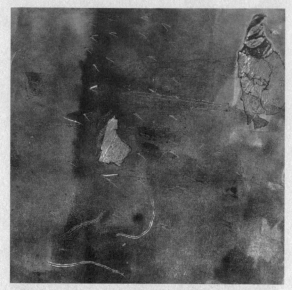

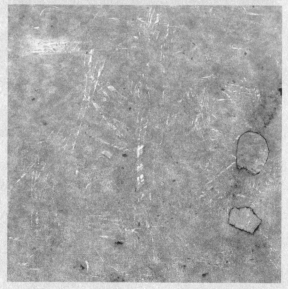

神給我的翅膀很小 飛不起來但很合身

我把你撥回到一間廢墟的房間

白蘿蔔皮、油墨
2014

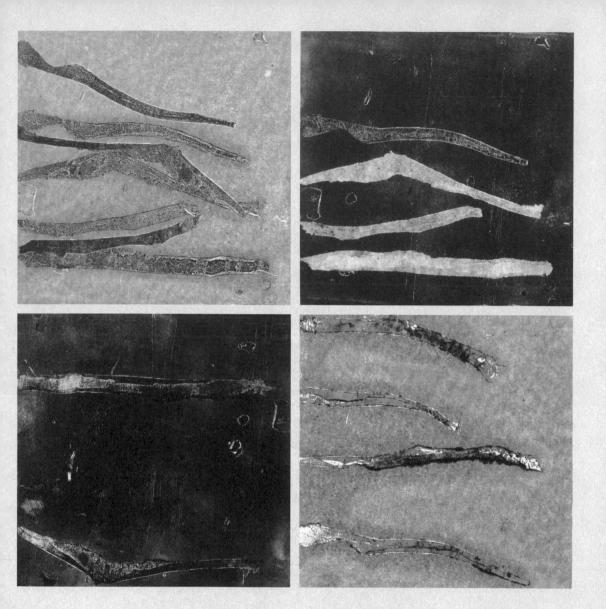

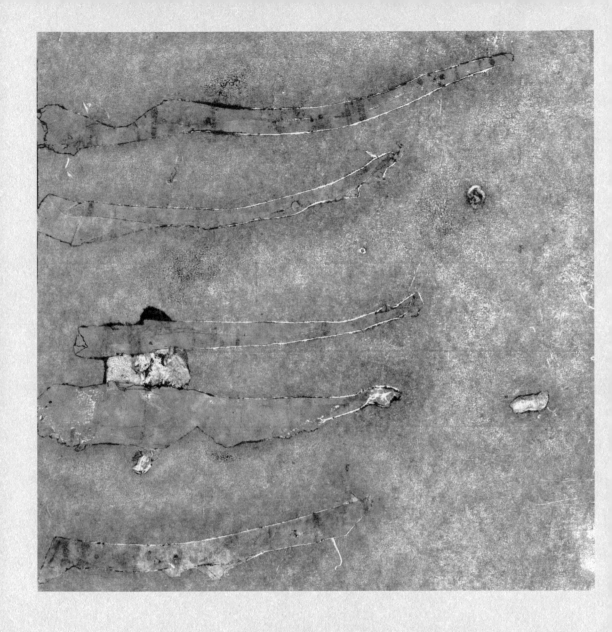

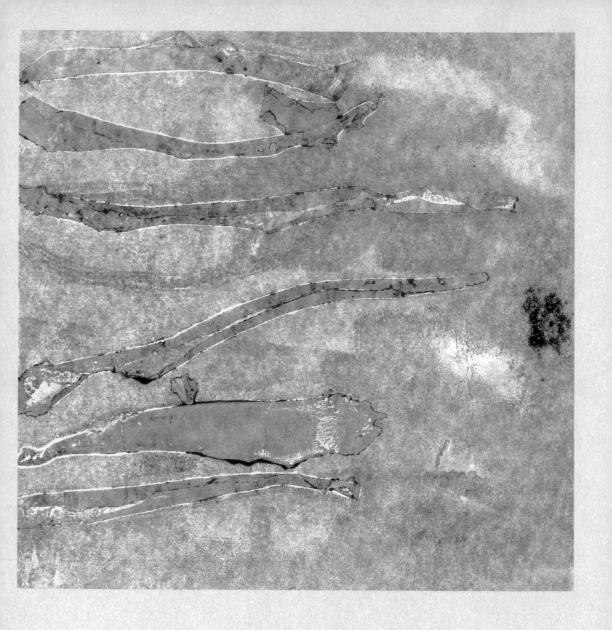

我沒有
—— 點 —— 點忘記

/洋蔥皮、蒜皮、油墨
2014

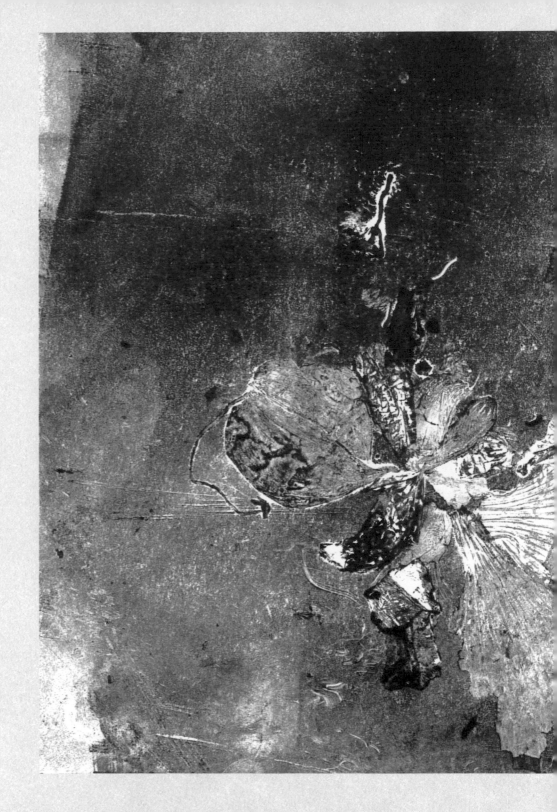

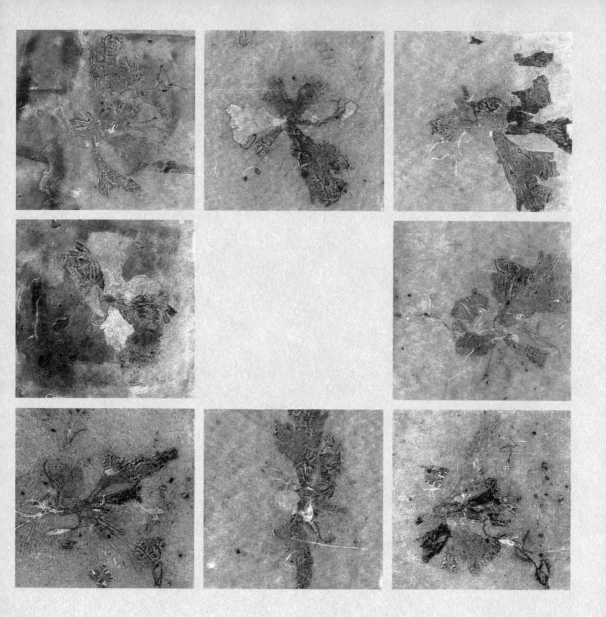

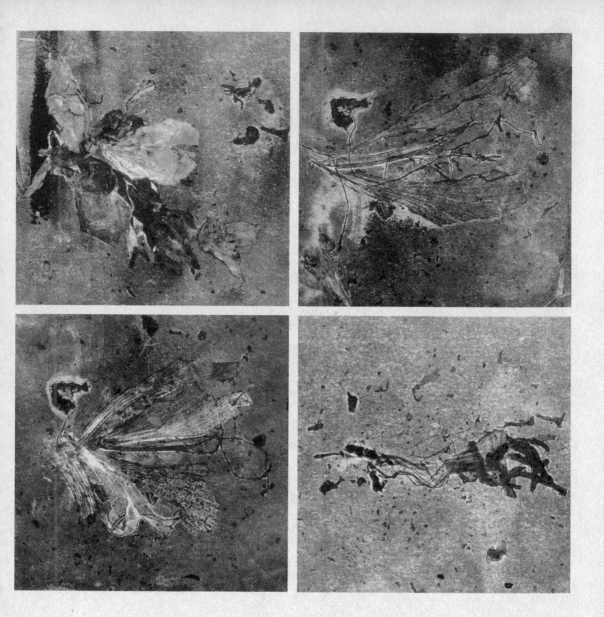

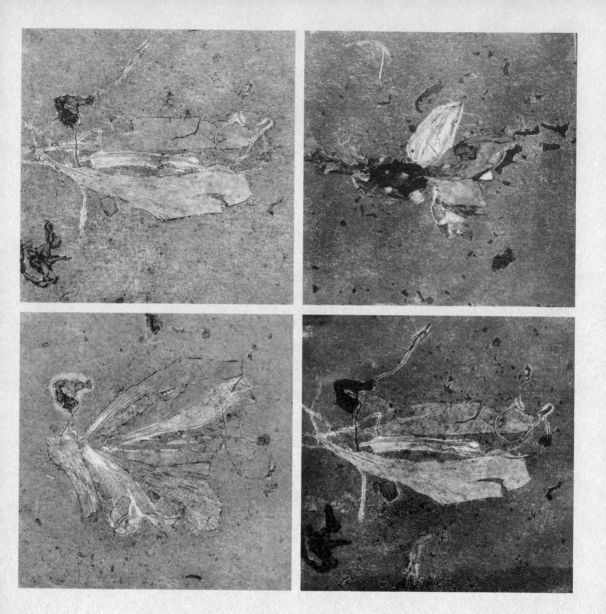

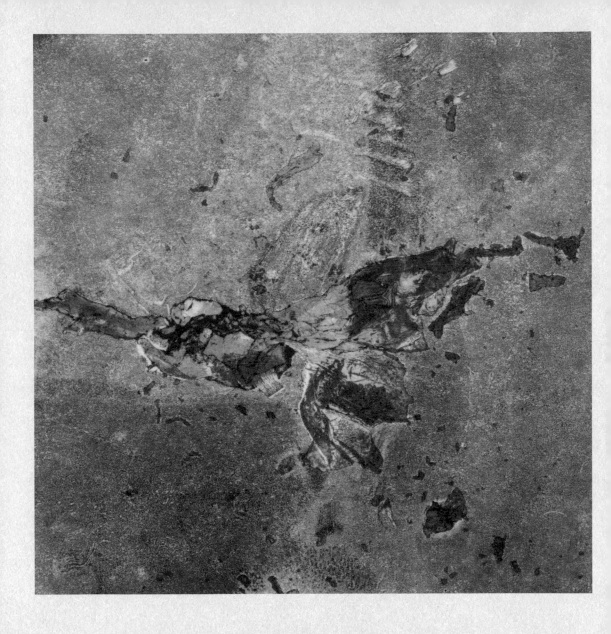

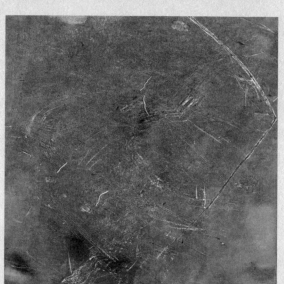

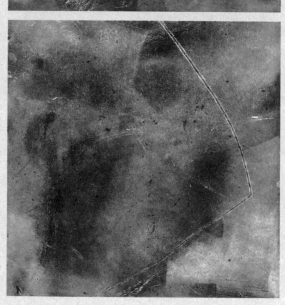

要將人聲償的哭

/ 根，油墨
2014

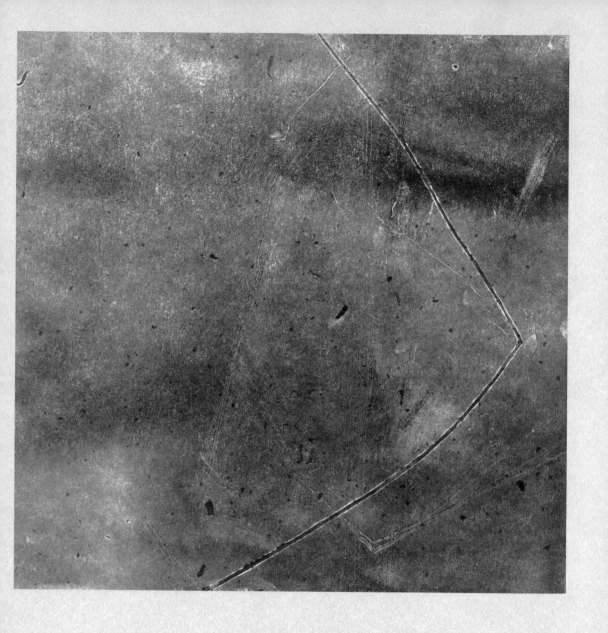

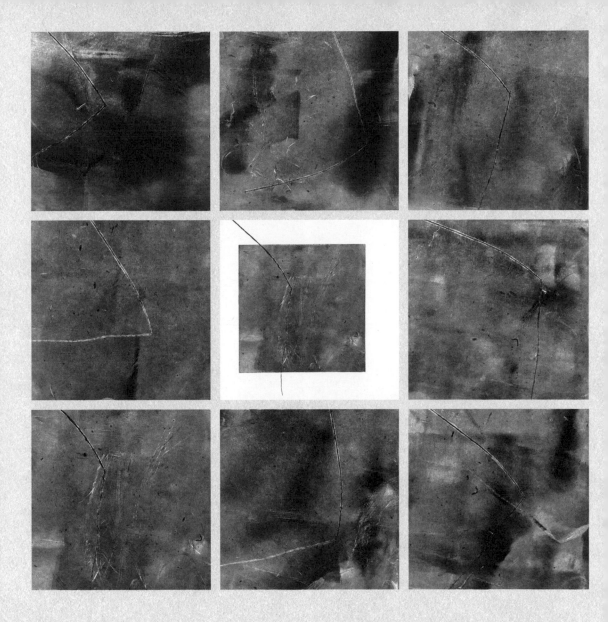

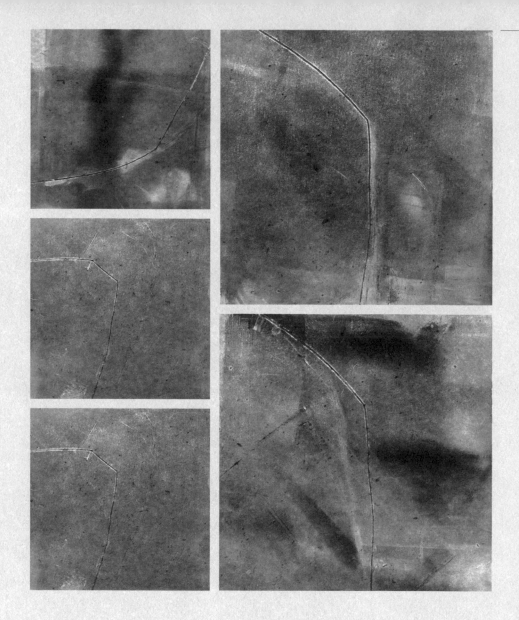

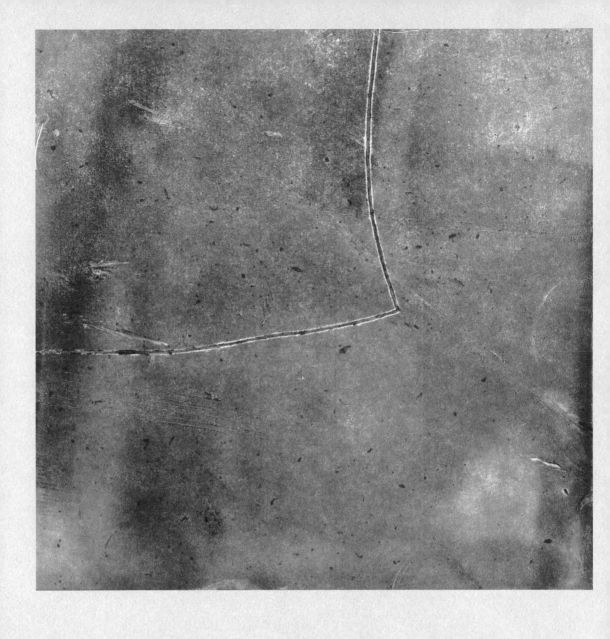

要將人擊進你的哭

這長長的漂浮

當然會有，點點疲倦

——點悲哀

洋蔥皮、油墨

2014

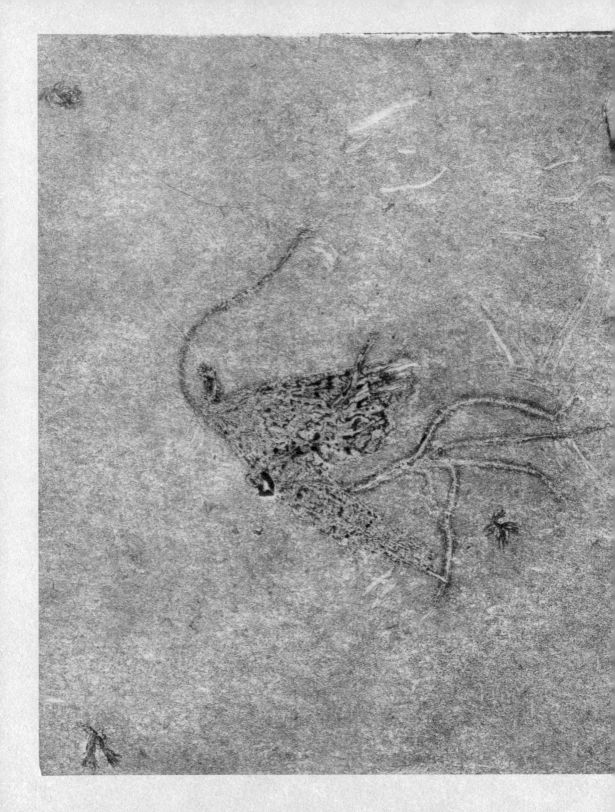

漂長長的漂浮

當然會有一點寂寞

一點悲哀

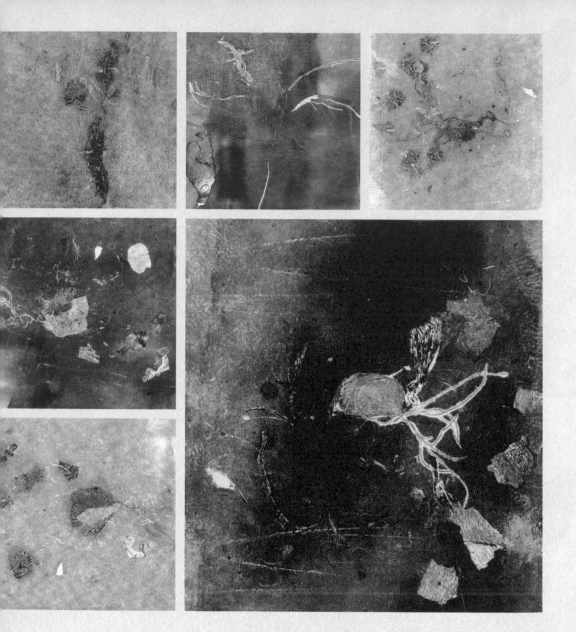

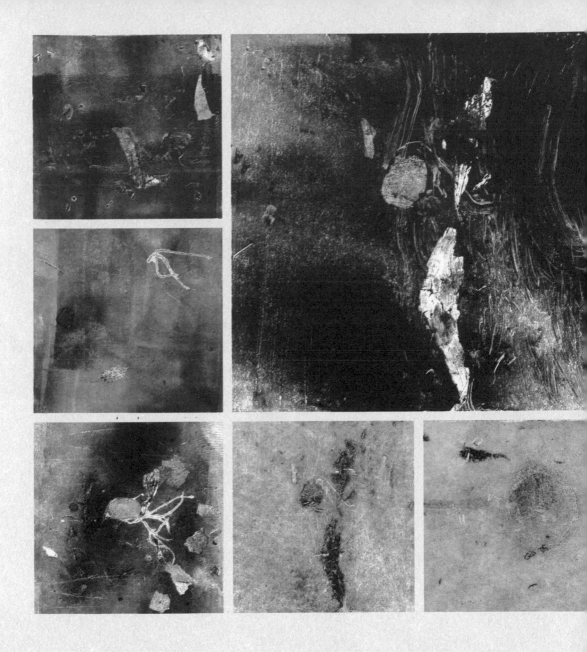

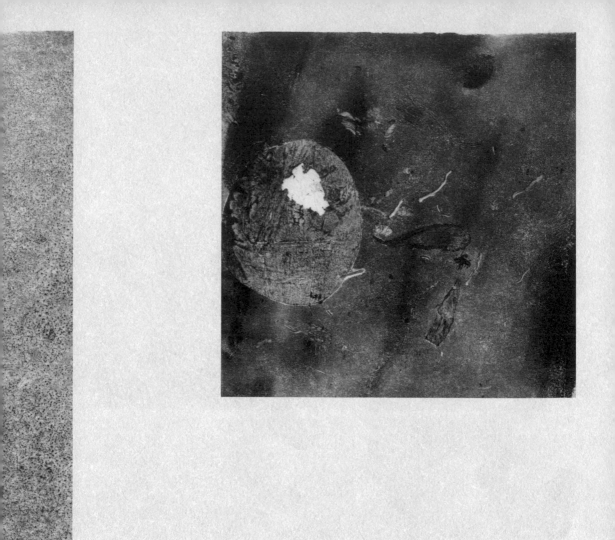

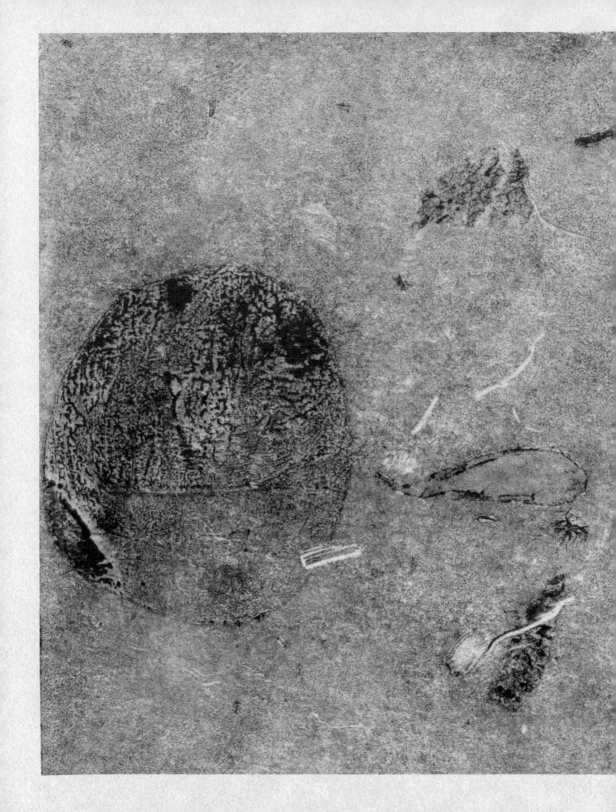

這長長的源浮

當然會有

點痕跡——

點悲哀

你的漾蓝已經發芽了

濾掛咖啡袋、油彩

2014

你的陳盆已經發芽了

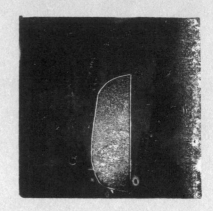

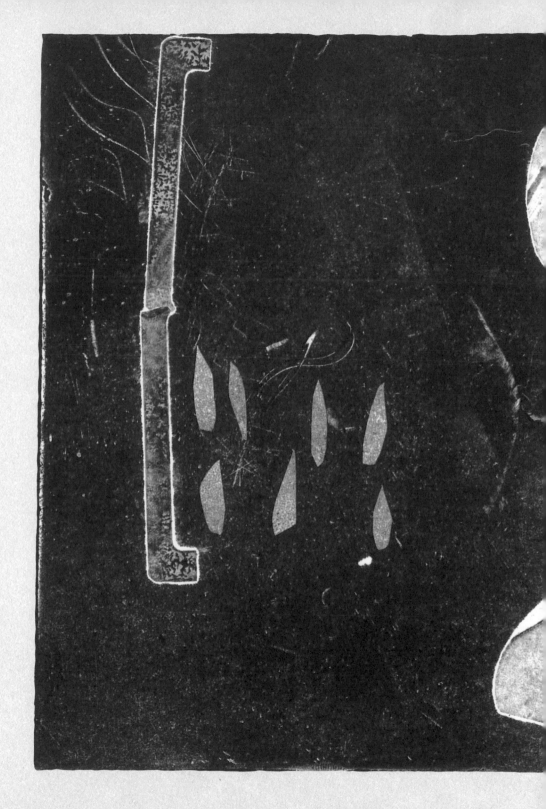

你的暮盆已經發芽了

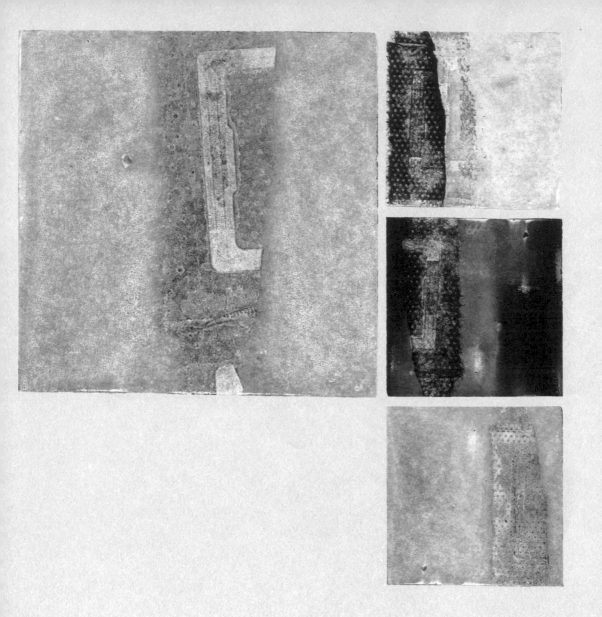

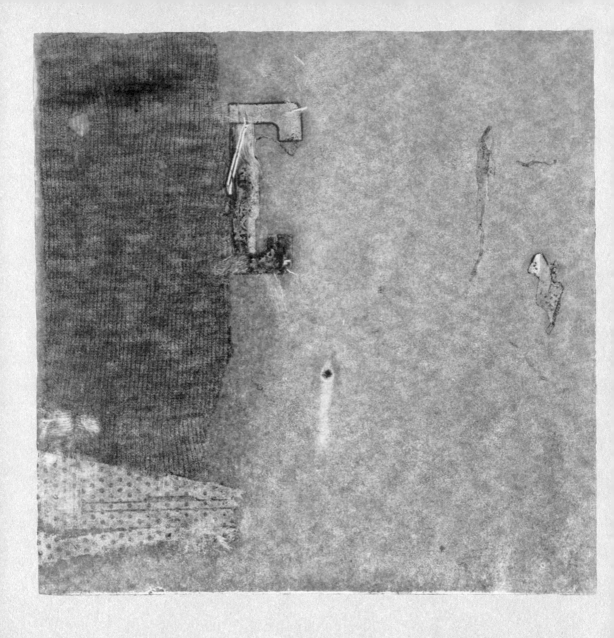

你
的
課
盆
已
經
發
芽
了

忘掉吧忘掉吧

蠟紙‧油墨
2014

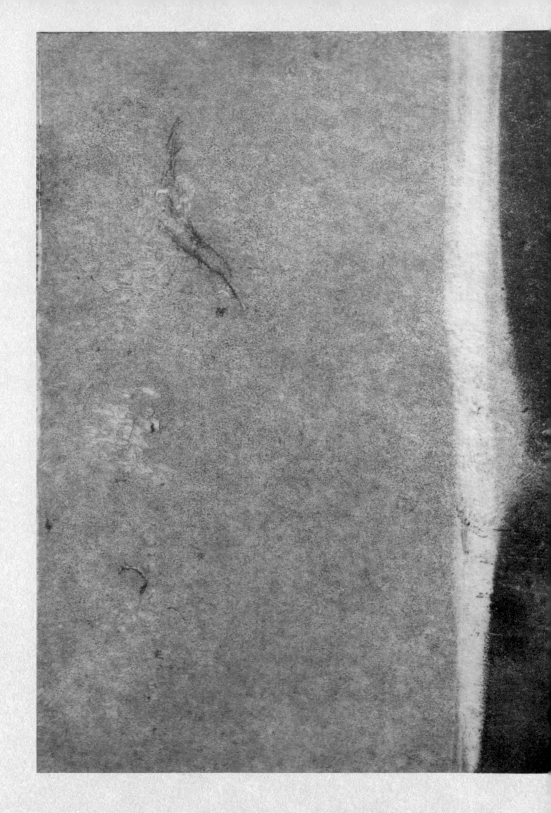

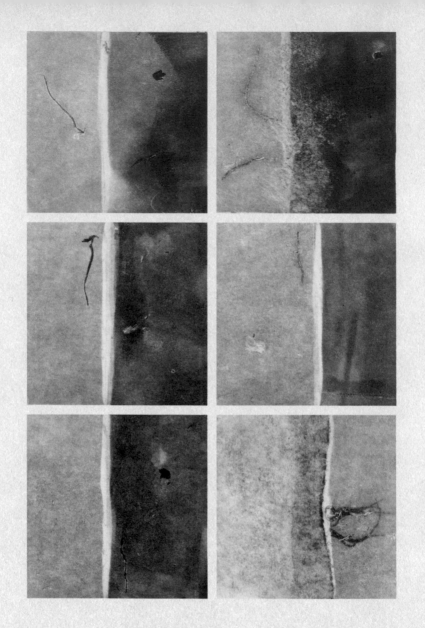

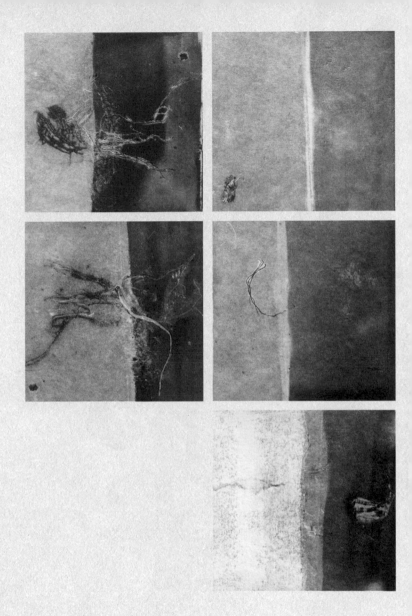

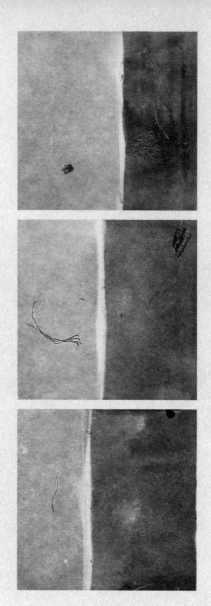

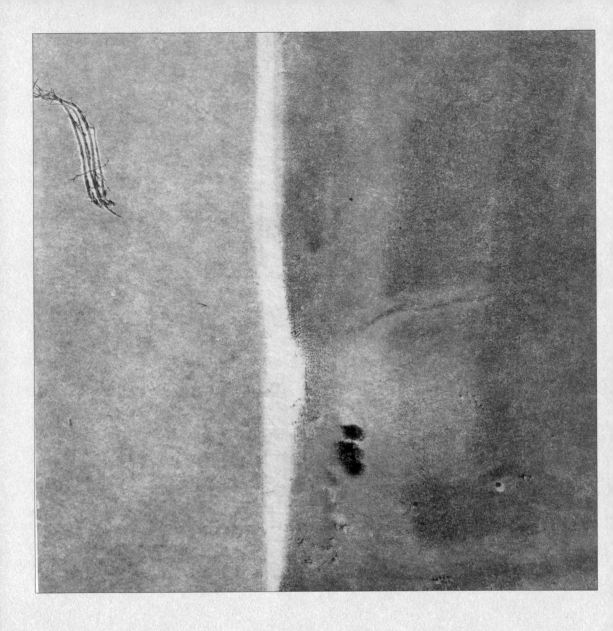

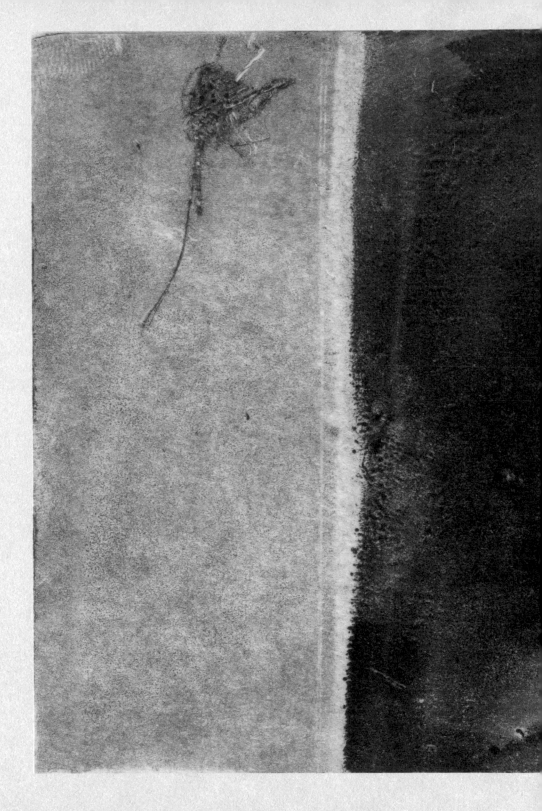

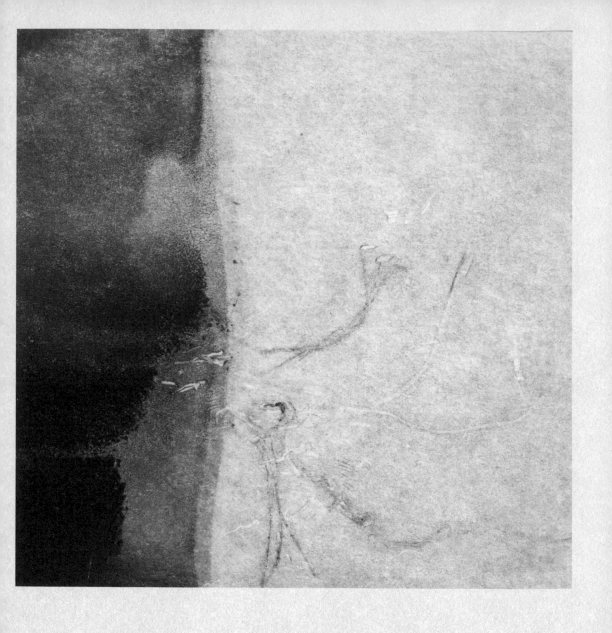

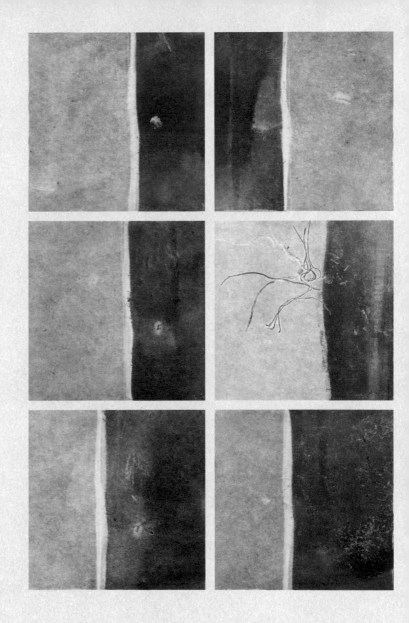

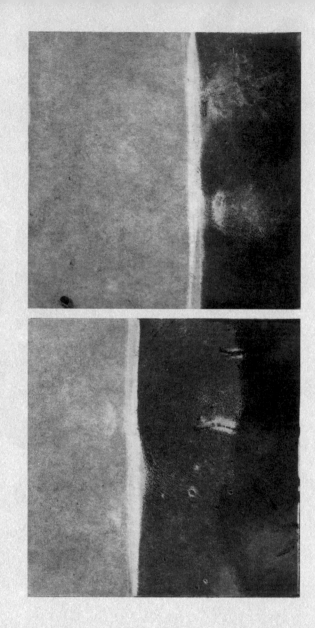

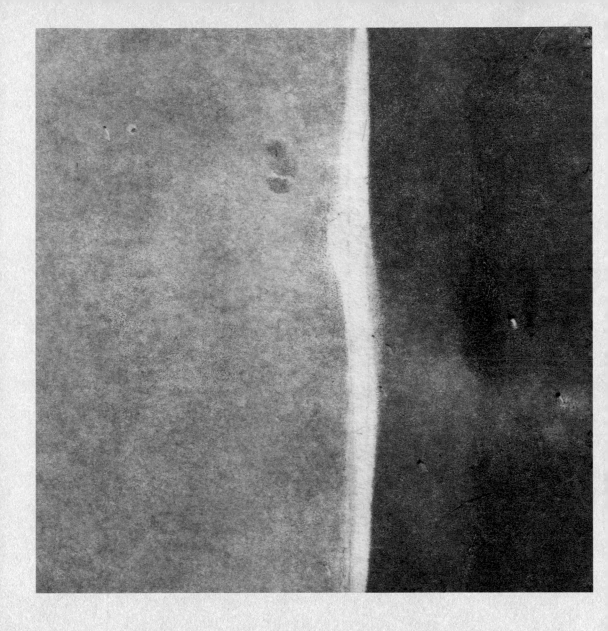

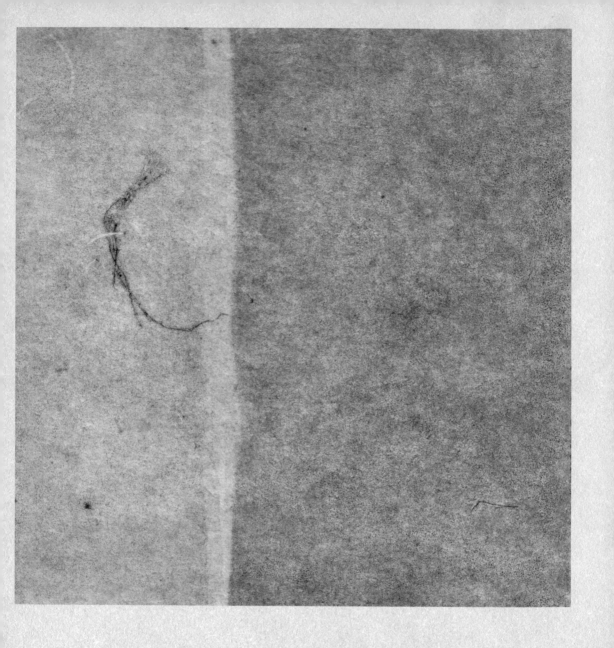

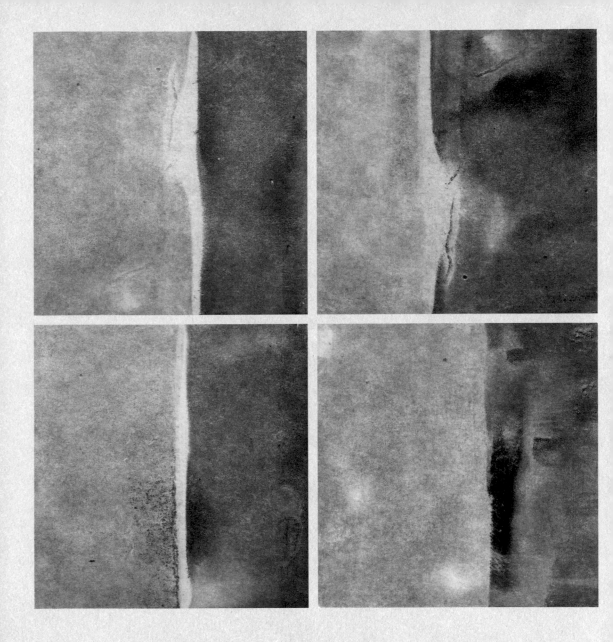

我已經不能走得太遠

菜瓜皮．油墨
2014

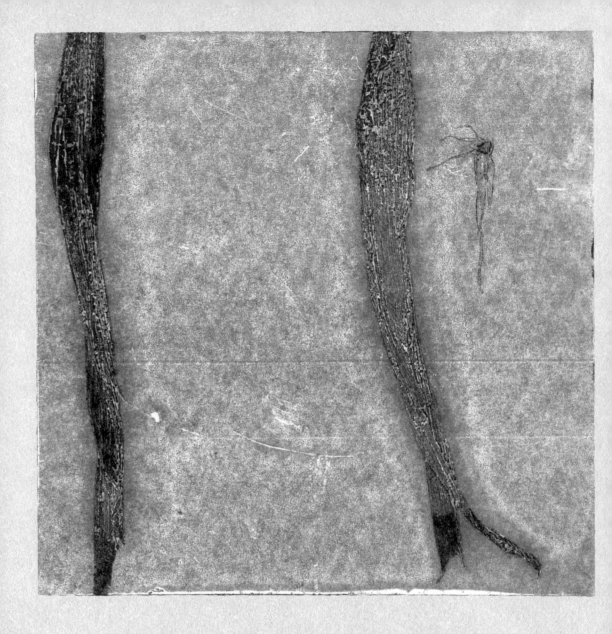

我
已
經
不
能
走
得
太
遠

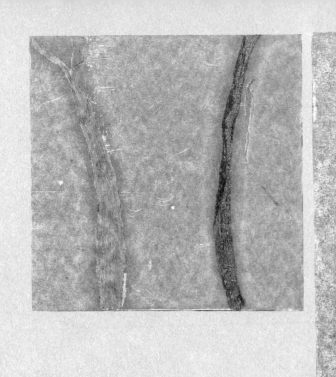

我已經不能走得太遠

你要緊緊地跟著那些老靈魂

/ 腰紙 /油墨

2014

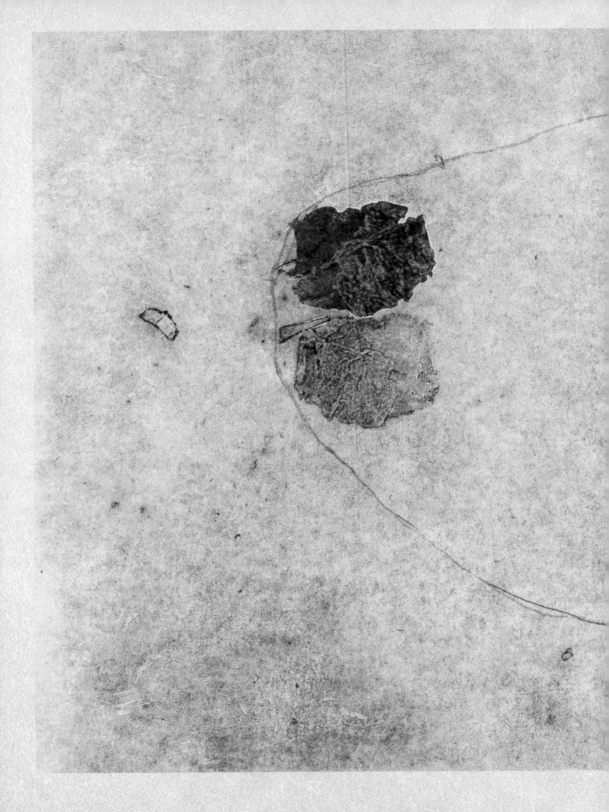

你要緊緊地看著那些老靈魂

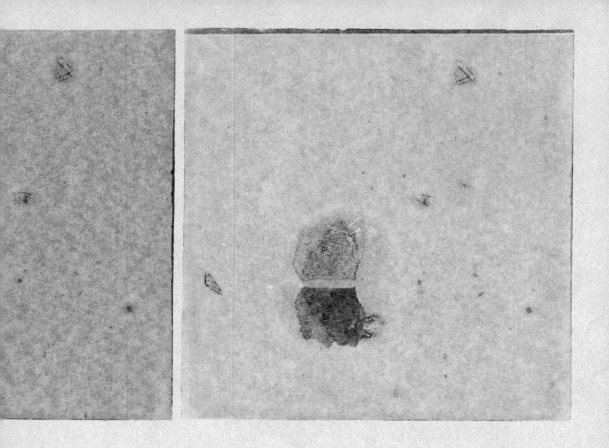